그대의 계절은 어디쯤 와있나요
부디 이 책과 그대의 꽃씨가 만나
따뜻한 봄날의 싹이 트길
기원합니다

박사 오왕근

운명은 **아직** 결정되지 않았다

운명은 아직 결정되지 않았다

오왕근 지음

흔들리는 나를 일으켜 줄 마음 처방전

상상출판

운명에 한계가 있다고 말하는 당신에게

누구나 잘 살고 행복하기를 꿈꾸지만 살아간다는 것은 결코 쉬운 일이 아니다. 계획했던 일이 수포가 되기도 하고, 누군가 가만히 있는 나에게 돌을 던져 상처를 주기도 한다. 반면에 사방이 막혀 죽을 것 같은 순간에 귀인을 만나 기적 같은 일을 경험하기도 한다. 사람들은 억울한 일을 겪으면 세상이 불공평하다고 원망하지만, 내가 느낀 운명은 정말 공평하다.

타인의 운명을 감정하는 일을 하면서 사주의 한계에

갇혀 사는 사람들을 보면 참 안타까웠다. 역술가의 절망적인 말에 나는 뭘 해도 안 되는 인간이구나, 라고 생각하며 노력조차 안 하려는 사람들이 많았다. 완벽한 사주와 시련 없는 운명은 이 세상에 절대 존재하지 않는다. 화려한 연예인, 남부러울 것 없는 재산가도 사실 그 속을 들여다보면 말 못 하는 고통으로 가득 차있다.

많은 이들이 운명과 사주팔자는 바꿀 수 없다고 착각하고 있다. 그러나 '운'은 고정되어 있지 않다. 막다른 벽에 다다라도 의지와 집념만 있으면 결국 그 벽을 깨고 내가 원하는 것을 이룰 수 있다. 그 벽을 깨기까지 수많은 좌절과 눈물을 흘려야겠지만 힘든 과정을 넘기고 나면 더 단단해지고 성장한 새로운 나를 만날 수 있다.

운명과 숙명의 차이점은 운명은 앞에서 날라오는 화살이고, 숙명은 뒤에서 쏘아대는 화살이라는 것이다. 앞으로 치고 오는 화살은 미리 준비하고 대비한다면 충분히 피해갈 수 있지만 뒤에서 쏘는 화살은 피할 수 없다. 우리는 지금 숙명의 삶을 살고 있는 것이 아니라 운명 앞에 살아가고 있다. 이미 끝났다고 모든 것을 포기하는 순간 당신의 인생은 숙명이 될 것이고, 충분히 운명과 맞서 싸울 의지만 있으면 고난 같은 운명도 개척할 수 있다. 빛 한 점 없을 것 같았던 내 인생에 작은 변화들이 시작되었다. 그 변화는 하늘에서 기적을 내려준 것이 아니라 나를 알아가고 깨우쳐 가는 과정에서 시작되었다. 스스로 변하려는 생각이 없었다면 하늘도 조상도 귀인도 절대 나를 도와주지 않았을 것이다.

내가 느끼지 못하고 공감하지 못한 것은 이 책에 쓰지 않았다. 타인의 운명에 처방전을 내려주고 현실적인 조언을 해주는 상담가가 자신에게 솔직하지 못하면 안 된다고 생각했기 때문이다. 이 책은 나를 포장하기 위한 글이 아니다. 내가 진정으로 느끼고 경험한 일만 기록했다. 글을 쓰는 사람이 아니니 아름다운 문장은 기대하지 않았으면 한다. 대신 나의 경험이 당신의 인생에 위로가 될 것이라는 건 장담할 수 있다. 조금이나마 힘이 되기 위해 내가 느꼈던 아픔과 상처, 그 안에서 내가 어떻게 살아냈는지 솔직하게 고백하겠다.

나도 고백을 시작했으니 이제 당신이 할 차례다. 이 책을 읽는 동안만이라도 본인에게 솔직해져라. 가면 속에 숨은 채 살고 있는 나의 본모습을 찾아 위로받길 바란다. 하늘은 내가 감당할 수 있는 시련만 주신다. 때로는 그 시련이 내 모든 것을 앗아가고 인생을 벼랑 끝으로 몰고 갈 수도 있겠지만 포기하지 않는다면 당신은 일어설 수 있다.

나도 해냈으니 당신도 해낼 수 있다.

차례

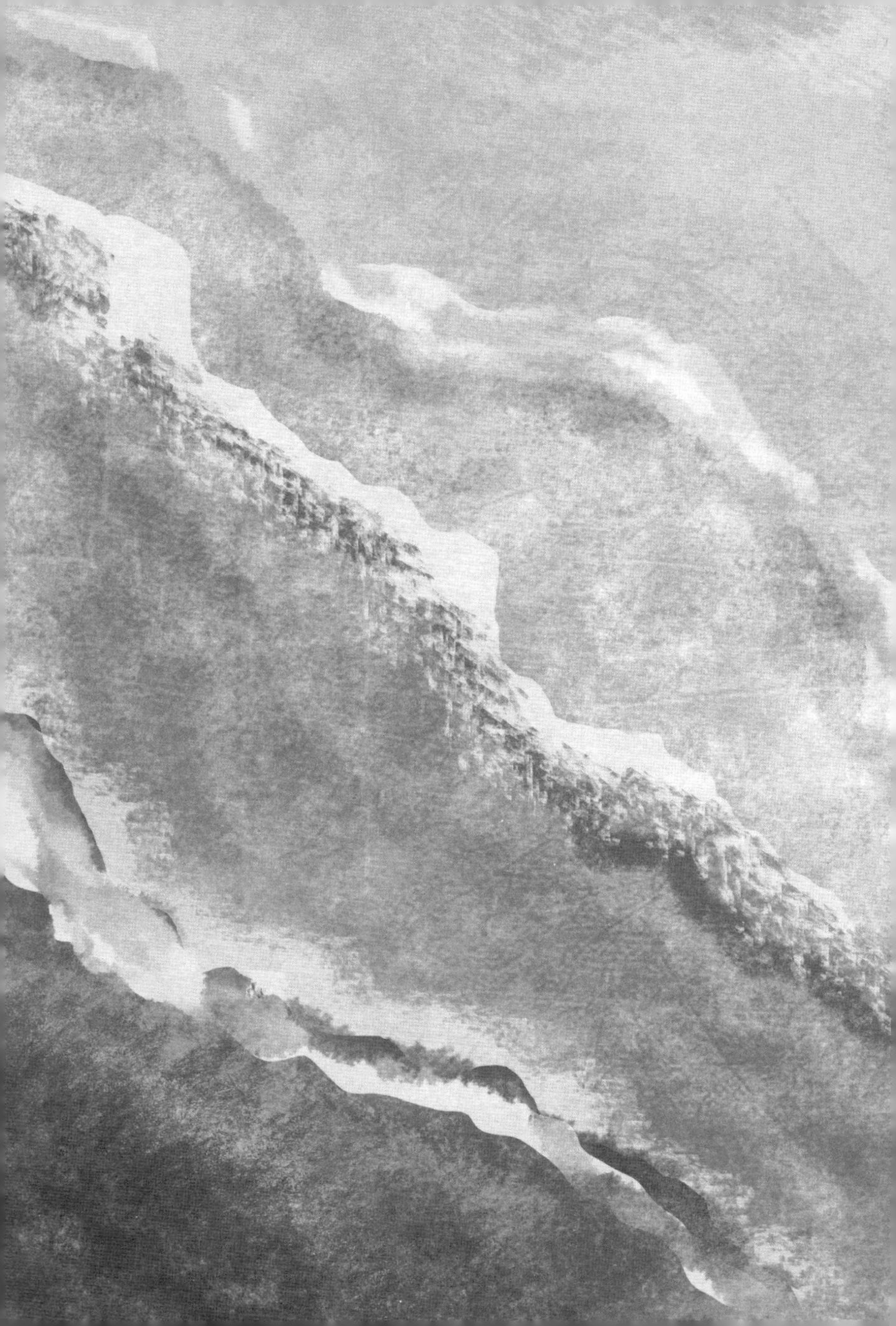

1

운명은
바꿀 수 있다

세상의 편견 앞에서 좌절하다

몇몇은 내가 어떤 일을 하는 사람인지 알겠지만 나를 처음 마주하는 분이 많을 것 같아 간단한 소개로 이야기를 시작하겠다. 나는 무속인이자 역술가라는 일을 20여 년째 하고 있는 법사다. 학창 시절엔 예술 고등학교에 입학해 배우를 꿈꿨던 욕심 많고 열정 많은 소년이었다. 그러나 갑자기 찾아온 운명의 변화 앞에 현실을 직시하고 시련을 담담히 받아들여야 했다.

17살 소년은 발가벗은 채로 세상과 마주했다. 앞이 보이지 않는 미래가 나를 어떻게 집어삼킬지 몰라 매일이 불안했다. 그토록 원했던 예술 고등학교에 진학했지만 3개월을 다니지 못했다. 갑자기 찾아온 운명에 굴복하기 싫고 인정하고 싶지 않았기에 방황하기 시작했고, 결국 학교를 세 번이나 옮기게 되었다. 머릿속은 점점 신명과 영계靈界에 대한 생각들로 가득할 뿐, 더 이상 배우의 꿈이 내 심장을 뛰게 하지 않았다.

학교에 간다고 거짓말하고 계룡산에 올랐다. 희한하게 산에 있으면 마음이 진정되고 내 집에 온 것 같은 느낌이 들었다. 영적 체험이 계속되는 시기였기에 호기심 많은 나는 내가 왜 이러는지 이유를 찾고 싶어 초 한 자루를 들고 기도터로 향했다. 학교에서는 불교 경전의 하나인 《천수경千手經》을 읽었고, 선생님이나 친구들을 보면 그들의 운명이 필름처럼 지나가기 시작했다. 내가 말한 것들이 예언이 되고 맞아떨어지니 이 길을 거부할 수 없다는 사실을 인정하게 되었다. 결국 학업과 청춘을 포기하고 운명 상담가의 길을 선택했다.

부모님께 상처를 줘야만 하는 현실이 괴로웠다. 많은 애정과 관심을 받고 배우가 되겠다는 당찬 꿈을 가졌던 아들이 세상의 편견과 잣대가 가득한 직업을 가진다 하니 얼마나 놀랐겠는가. 집은 풍비박산이 났고 아버지는 무릎을 꿇고 제발 정신 차리라고 울면서 사정했다. 부모님은 부끄러워 얼굴을 들고 다닐 수 없다며 끝까지 반대했지만 결국 내 고집을 꺾지 못했다. 사람들의 시선이 무섭지 않냐는 물음에 무슨 배짱이었는지 잘할 수 있다고 큰소리쳤다. 그러나 누구보다 부모님의 자존심에 상처를 내고 실망감을 줬다는 생각에 괴로웠다.

보증금 300만 원에 월세 25만 원인 뜨거운 물도 안 나오는 사무실에서 신령님을 모시고 사주 상담을 시작했다. 신기하게 간판도 달지 않았는데 학생 도사가 용하다고 전국으로 소문이 퍼져 각지에서 손님이 몰려들었다. 그러나 기쁨을 만끽할 새도 없이 사무실로 건물주가 찾아와 소란을 피웠다. 본인은 교회에 다니니 당장 나가라며 매일없이 으름장을 놓았다. 상가 1층에서는 2층으로 올라가는 손님들의 발소리가 시끄럽다며 계단 입구를 화분으로 막아버렸다. 결국 시설비도 받지 못한 채 쫓겨났고, 처음으로 사람에게 비참함을 느꼈다. 아버지가 왜 인정받지 못하는 직업을 굳이 강행하냐고 했던 말이 이제야 가슴속 깊이 와닿았다. 소년은 세상의 편견 앞에서 좌절했다.

내 직업만큼 사회의 편견과 잣대가 많은 일도 없을 것이다. 사람들의 수군거림과 무시를 받아본 적이 있는가? 우리나라 사람들은 남 일에 관심이 많다. 남의 집 가정사까지 알아야 하고 자신들만의 기준으로 상대를 평가해야 속이 풀린다. 그런 사람들 때문에 졸지에 우리 부모님은 자식 농사에 실패한 사람이 되어버렸다. 그 당시 학업을 포기하고 법사의 길을 선택했을 때 주변 사람들은 내 선택이 틀렸다고 말하며 나를 이상한 눈으로 쳐다보면서 수군거렸다. 내가 괜찮다는데 그들의 말도 안 되는 평가 때문에 나와 부모님까지 인생의 낙오자가 되었다.

하지만 이대로 포기할 수는 없었다. 학교에서도 인정

받지 못해 꿈도 포기했고, 가족에게 상처도 줬다. 그러다 보니 사람들의 편견을 깨고 싶다는 오기와 분노가 생겼다. 내세울 것도, 구체적인 계획도 없었지만 언젠가 사람들의 편견을 지우고 영향력 있는 사람이 될 것이라고 이 악물며 다짐했다.

"내가 선택한 일이 이렇다면, 내가 바꿔야겠다!"

그렇게 소년의 도전은 시작되었다.

사주팔자에 인생을 맞추지 마라

나는 운명運命을 목숨은 정해져 있지 않고 구름처럼 변하며 어디든지 흘러갈 수 있다는 뜻으로 생각한다. 지금도 신통神通으로 상대방의 운명을 보지만 나는 신점과 명리를 함께 보는 영靈철학을 하고 있다. 내담자가 법당 안으로 들어오면 이름과 생년월일도 필요 없이 그가 뭐 때문에 왔는지, 어떻게 해야 일이 풀릴 수 있는지에 대한 점사가 나오기 시작한다. 그 후 오행을 풀어 타고난 사주의 그릇과 문제점을 다시 한번 파악한다.

처음 이 일을 시작했을 때는 타인의 운명을 상담한다

는 것에 대해 책임감을 크게 느끼지 못했지만, 세월이 흐르면서 나의 말 한마디가 사람을 살릴 수도 있다는 것을 깨닫고 많은 기도를 드리며 명리 공부를 열심히 했다.

수많은 사람을 상담하면서 인간은 결국 사주팔자의 굴레에 갇혀 정해진 운명을 살아야 하고, 그것이 숙명이 되면 고통도 그대로 받아들여야 하는 것인지 항상 의문을 품고 있었다. 그러나 신령님께서 나에게 운명을 바꿔주는 게 나의 직업이고 안 되는 것도 할 수 있게 만드는 것이 내 일이라고 단호하게 말해 오랜 의문을 해결할 수 있었다. 사주팔자라는 것은 타고난 생년월일이기에 바꿀 수 없지만 우리가 살고 있는 팔자, 즉 운명은 개인적인 의지와 노력이 있다면 어느 정도 개선이 된다.

"다른 데 가서 보니까 사주가 안 좋아서 평생 고생한다고 합니다."

"올해는 운이 안 좋아서 아무것도 하지 말라네요."

당연히 운이라는 것은 존재하기에 때를 보고 날개를 펼쳐야 멋지게 비상할 수 있다. 하지만 1년 동안 해 뜨는 날이 얼마나 되는지를 생각해 보자. 사주가 안 좋고 운이 안 좋으면 아무것도 하지 않고 가만히 있는 것이 해결책일까? 평생 고생만 하는 팔자라고 해서 아무런 노력도 하지 않고 그 고생을 받아들이면서 희망도 없이 살아야 할까?

당신에게 사주팔자의 한계에 갇히면 안 된다고 말해주고 싶다. 운이 안 좋으면 더 많은 노력을 하되 매사에 더 신중하고 조심해서 일을 처리하면 된다. 사주가 안 좋아서 평생 고생한다는 말을 들으면 큰 욕심을 부리지 말고 가진 것에 만족하고 살면 먹고사는 문제는 걱정 없을 것이다.

모든 일은 내 안의 욕심과 화로 인해 문제가 생긴다. 쏟아지는 비를 맞으면서까지 목적지에 갈 필요는 없지만 마냥 비가 그치기만을 기다리다가는 원하는 목표와 꿈을 다른 사람이 먼저 가져갈 수도 있다. 또 사주에만 의지하면 때를 기다린다는 핑계로 게으름을 부리거나, 무조건 안 된다는 비관주의로 변할 수 있기에 운이 안 좋아도 반드시 도전하고 지금보다 나은 상황으로 만들 수 있게 노력해야 한다.

시대에 따라 옛말도 바뀌어야 한다. 운이 일곱이고 노력이 셋이라는 운칠기삼運七技三은 현대에 맞지 않는 말이다. 운과 노력이 정확히 5 대 5를 유지했을 때 인생에 발전이 있고 성공할 가능성이 생긴다.

당신의 생각과 신념을 바꾸고 싶지는 않다. 노력이 전부라고, 혹은 운만이 전부라고 믿는 사람도 있을 것이다. 자기만의 생각과 집념으로 살아가는 시대이기에 관점은 모두 다를 수밖에 없다. 그러나 사주팔자와 운을 무시했다가는 언젠간 큰코다칠 것이고 반대로 사주팔자에 내 인생을 맞추려고 했다가는 발전 없는 인생을 살게 될 것이다. 그러니 운명의 한계에서 벗어나 내 사주를 이겨볼 생각으로 산다면 결코 못 이룰 것은 없다.

돈보다는 운을 벌어야 한다

신과 영통하기까지 어두운 밤이 되면 랜턴 하나를 들고 계룡산 장군바위에 올라 기도하고 날이 밝으면 내려왔다. 지금 생각하면 나 자신이 아닌 채로 살아왔던 삶이다. 18살 남자아이가 맨정신에 불빛 한 점 없는 깊은 산속에 들어간다는 것은 지금도 상상할 수 없는 일이다.

신령님이 찾아오면 풍파가 시작된다. 고등학생 시절, 나는 '영靈발'이라는 것이 강했고, 미래를 보는 능력이 남달랐다. 한 친구가 나에게 아버지가 다음 주에 외국으로 돈을 벌러 간다고 말했다. 그 순간 나도 모르게 "아버지를 외국으로 보내면 안 돼! 반드시 말려야 해!"라고 외쳤다. 친구는 나를 이상한 사람 보듯이 쳐다봤고 무의식적으로 내뱉은 말이 부끄러워 민망했다. 친구는 아마 내가 미쳤다고 생각했을 것이다. 일주일 후 친구의 아버지는 외국으로 떠났고, 떠난 그날 뉴스 특보에서 한국인 두 명이 공항에 내려 숙소로 이동하던 중 총에 맞아 그 자리에서 사망했다는 소식을 들었다. 이후 친구의 어머니가 나에게 찾아와 천도제遷度祭를 부탁하셔서 친구 아버지의 가시는 길을 닦아드렸다. 그때부터 사람의 명命점을 보기 시작했다. 지금도 그때의 일을 잊지 못해 가끔 생각이 난다.

신을 알기 위해, 인생의 성패를 알기 위해, 자신의 미래를 보기 위해 수많은 사람이 나를 찾아오는 것을 보면서 나 자신부터 영의 기운이 강해져야겠다고 다짐했다. 그 후로 지금까지 20여 년을 산을 타고 기도를 하며 신력을 받는 중이다. 내가 당부하고 싶은 건 우리는 돈을 벌게 아니라 운을 벌어야 한다는 것이다. 순간의 몇천만 원에 욕심을 내기보다 계속해서 운을 벌기 위해 노력해야 한다. 금전은 내가 운이 들어오기 시작하면 쏟아져 들어온다.

정해지지
않은 운명

운명학, 특히 사람의 기운을 느끼는 신점은 절대 학문의 이론만으로 판단할 수 없다. 가피加被와 신령님의 원력은 과학으로 설명할 수 없기 때문이다. 근거가 없어서 설명할 수 없는 것이 아니라 영의 세계는 이미 시공간을 초월했기 때문에 입증이 어렵다는 것이다.

많은 무속인이 자기 말이 법인 것처럼 말하지만, 그렇게 모든 것을 꿰뚫는다면 본인 인생부터 잘 살아야 한다. 하지만 정작 본인은 허름하고 지저분한 집에서 살며 자기 인생도 책임지지 못하는 경우를 많이 봤다.

20년 전, 나를 찾아온 손님이 반문했었다.

“남의 운명을 바꿔준다는 무속인들이 왜 월세방을 벗어나지 못하고 자기 가정도 제대로 이루지 못하고 삽니까?”

사실이기 때문에 인정할 수밖에 없었다. 나를 바로 알아야 남을 볼 수 있다. 운명을 바꿔준다는 사람이 누추한 모습으로 있을 수는 없어 먼저 나 자신을 찾기 위해 공부하고 기도하며 인고를 겪었다.

사람은 신이 될 수 없으니 신령님을 모시고 오행을 탐구하고 명리와 관상을 분석하고 부처님의 말씀을 항상 가까이했다. 모든 것을 100퍼센트 장담할 수 없지만 나를 찾아오는 이들에게는 많은 가능성을 주고 싶어 더 많이 공부하고 수련했다. 무속인도 명리학과 사주 오행을 절대 무시해서는 안 되고, 역술인 또한 영적 세계와 조상신을 다루는 무속의 세계가 없다고 부정하면 안 된다.

어디 가서 운명을 점 보더라도 사주팔자에 인생을 맞추지 마라. 똑같은 생년월일에 태어난 사람이라도 절대 같은 인생을 살지 않는다. 사람의 인생은 사주대로도 살아갈 수도 있지만, 사주를 뛰어넘어 성공하는 사람도 많다. 그러니 점술가의 말에 꿈과 희망을 버리지 말았으면 한다. 사주가 약하면 조상님과 신령님께 기도해서 보완하면 되고, 불교나 무속적인 것이 싫으면 원하는 대로 나만의 방식을 통해 개선할 의지를 갖고 노력하면 된다.

당신의 인생을 설득하고 싶지 않다. 모든 선택은 스스로 하는 것이다. 어떤 방법이든, 선택이든 바꾸려는 의지와 노력이 중요하다.

사람은 누구나 힘든 시기가 있다

무엇을 위해 그렇게 앞만 보고 달려가는가. 남들은 가정도 잘 꾸리고 돈도 잘 모아 안정적으로 잘사는 것 같은데 내 인생은 도저히 출구가 안 보인다고 말하는 사람들이 있다. 이렇게 남과 비교하게 되면 깊은 열등감에 빠져 세상이 삐뚤게 보이고 삶은 점점 폐쇄적으로 변하기 마련이다.

한 여성 신도가 찾아왔다. 깊게 팬 주름과 어두운 표정으로 생기라고는 전혀 찾아볼 수 없는 얼굴을 하고 있었다. 가정을 지켜야 한다는 의무감에 본인은 사라지고 자식과 남편의 인생만 뒷바라지하며 살아온 인생이었다. 나를 태우고 내 생명을 가족에게 바치며 그들을 살리려고 했지만 그것마저도 하늘은 그의 편이 되어주지 않았다. 정신과에서는 가족에게 그만 헌신하고 본인의 인생을 찾으라며 친구들을 만나길 추천했다. 하지만 한평생을 가정의 굴레에 얽매여 살아온 그에게 친구라는 존재는 생소했다.

나는 그의 눈을 보고 아무 말도 하지 않았다. 긴 정적이 흘렀고 미소로 늦은 인사를 나눴다. 깊은 눈을 바라보니 호수 속에 빠져 허우적대는 모습이 보였다. 아무 말 없이 계속 바라보자 그는 눈물을 뚝뚝 흘리기 시작했다. 지금 이 순간 나의 진심 어린 말이 필요했다.

"많이 울고 가세요. 괜찮습니다. 그동안 잘하셨습니다. 아무것도 안 해도 됩니다. 이제 잘하려고 하지 말고 하고 싶은 대로 하세요. 지금 포기하기엔 인생이 너무 아깝습니다. 마지막이라고 생각하고 딱 5년만 저를 믿고,

본인을 믿고 한 번만 더 힘을 내보세요."

죽고 싶다거나 모든 것을 포기하고 싶다고 생각하는 사람에게 너의 생각은 틀렸고, 지금 잘못된 길을 가고 있다고 가르침을 주려는 사람들이 있다. 누구나 직관력이 있기 때문에 마음이 아픈 사람은 나를 상담해 주는 사람이 나에게 얼마나 진심을 갖고 있는지 단번에 알아차린다. 진정성은 거짓된 마음에서는 절대 나올 수 없다. 공감은 그냥 나오는 것이 아니다. 나도 똑같이 그런 상황을 겪어봤고 아파봤을 때 공감의 힘이 나온다.

나 또한 환멸을 느낄 정도로 사람들이 싫을 때가 있었다. 힘들게 구해내도 다시 죽을 것 같다며 끊임없이 나를 찾아와 제자리로 돌아갔다. 그들과 나의 종착역이 어딘지 도무지 찾을 수 없었다. 사람들을 살리다 내가 죽을 것 같다는 생각이 들어 세상과 단절했던 시기도 있었다. 그러다 부처님 말씀을 공부하기 위해 돌아다녔고, 우연히 한 스님을 만났다. 그 스님은 나를 보고 미소 지으며 오랜 시간 침묵했다. 보일러도 들어오지 않는 상가 창고에서 생활하며 신법과 불법을 수행하고 있는 스님을 보니 불만 가득한 내 모습이 부끄러웠다.

"참 착해. 그동안 고생 많았어요."

스님의 한마디에 눈시울이 붉어졌다. 그 말이 뭐라고 냉기 가득한 내 가슴이 갑자기 알 수 없는 서러움으로 북받쳐 눈물이 터져버렸다. 스님을 만나고 돌아오는 버스 안에서 알 수 없는 편안함을 느꼈다. 1년이 지나도 스님 얼굴이 계속 떠올라 결국 다시 포교원으로 찾아가 인연을 맺었다.

사람들의 충격적이고 놀라운 이야기들을 듣고 그 안에서 해결책을 찾으면서 오히려 내가 점점 비관적으로 변하고 있었다. 나도 모르게 삶은 무의미하고 인간은 서로 죽이려고 경쟁하며 행복은 찰나라는 착각이 들었다. 내가 행복하지 않으면서 타인에게 희망을 주려는 모순된 상황이 계속되니 양심에 찔렸다. 깊은 생각에 빠졌고, 결국 모든 것을 내려놔야 나도 살고 나를 찾는 신도들도 더 행복해질 것이라는 결론이 났다. 고심 끝에 결국 전화선을 뽑아버렸다.

아무도 믿지 못해 나를 꽁꽁 감싸고 세상을 의심의 눈초리로만 바라보면 더 깊은 수렁에 빠지게 된다. 화려한 연예인, 잘나가는 사업가, 명문대에 입학한 자식 등 겉모습은 남부러울 것 없는 사람들도 모두 속을 들여다보면 곪아 터진 상처가 가득하다.

우리는 사람에게 상처받지만, 결국 다시 살아갈 희망과 용기도 사람에게 찾는다. 누구에게나 힘든 시기는 있다. 그러나 어려운 시기는 반드시 지나간다. 그저 살다 보면 살아진다. 그러니 어려움 속에서 절대 포기하지 말고 버텨라. 곧 출구가 나타날 것이다. 당신의 마음 한편에 시원한 바람이 들어오길 기도하겠다.

간절함의 차이

'신'을 가볍게 생각하는 사람들이 있다. 사람들은 점을 보러와서 일이 당장 잘 풀릴 거라는 달콤한 말을 기대하지만 실상은 그렇지 않다. 어려운 현실을 겪고 있는 사람이 더 절실하게 매달리며 결국 성불을 이뤄낸다. 기다림이 힘든 사람들, 지금 당장이어야만 하는 사람들이 오히려 3년이 흘러도 제자리에서 묵묵히 노력하고 기도한다. 신은 간절한 사람의 기도를 먼저 들어준다.

"일을 조정할 수 없어서 기도하러 못 가겠어요."

"거리가 너무 멀어서 그런데 기도비만 입금할 테니 법사님이 대신 기도해 주시면 안 될까요?"

어떤 이들은 주인 없는 기도도 잘해준다고 하지만 내 신념은 '주인 없는 기도는 절대 하지 않는다'이다. 아무리 시대가 변해 돈을 쉽게 주고받는다 해도 디지털로 절대 안 되는 게 기도와 신의 영역이다. 나도 많은 경험을 하고 내린 결정이었다. 신도가 참여하지 않은 기도도 해봤고 촛불 발원發願도 해봤지만 큰 성불이 없었고, 나 또한 마음이 편하지 못했다.

나의 원력은 상당히 높으니 오지 않아도 살려줄 수 있다고 말하는 무속인에게 가고 싶다면 그렇게 하면 된다. 세상에는 다양한 신법이 존재하기 때문이다. 그렇게 해서 재수를 보는 사람은 보겠지만 내 기준에서 나는 그렇게 안 한다는 것뿐이다. 같은 직종에 종사하는 한 선생이 나에게 말했다. "당신은 나이도 젊은데 고지식해. 시대가 어느 때인데 손님이 못 올 수도 있는 거지. 난 돈만 보내면 알아서 다 해준다고!" 나는 그를 보며 지긋이 웃었다. 그렇게 해서 당신이 얼마나 많은 신도의 성불을 이뤄냈고 어떻게 그들의 마음을 어루만졌는가. 그들에게 진정으로 깨달음과 지혜를 주고 기도를 통해 살아갈 용기를 주었는지 묻고 싶다. 기도를 통해 눈물이 터져 나오면서 업식業識이 소멸되고 새롭게 시작할 용기를 채워줬는지 되새겨 봐야 한다.

난 강박이 있는 완벽주의자이다. 강박은 나쁜 것이 아니다. 뭐든지 일 처리를 확실하게 해야 직성이 풀린다. 뭐든 그냥은 없다. 열매를 맺고 싶다면 거기에 맞는 노력을 해야 한다. 멀어도, 시간이 아무리 없더라도 기도를 해야 하는 간절함이 있다면 365일 중 하루 정도는 일정을 빼는 노력을 해야 하늘이 감동한다.

나도 가장 바쁜 정월마다 시간을 내서 강원도 대관령과 서울 근교의 사찰과 산신을 다 찾아가 기도를 올린다. 정월은 운맞이 기도와 홍수맥이, 삼재풀이 기도로 가장 바쁜 시기다. 1월은 1년 열두 달의 운명이 결정되는 만큼 문을 열고 액운을 풀어야 하는 중요한 시기기 때문에 대관령 국사성황당에 가서 신도들 모두 사고 없이 막힘 없이 도와달라 빌고 오대산에 들러 인사를 한다. 강릉 사근진해변에 앉아 용왕님께 내가 제일 먼저 하는 기도는 "신도들 돈 많이 벌게 해주세요. 신도들 사업 잘되게 해주세요."가 아니다. "올해 용궁사 신도들 살아남게 해주세요.", "사고 없이 죽지 않고 버틸 수 있게 도와주세요." 이다. 내가 살아 있고 건강해야 앞으로 기회도 잡고 돈도 번다. 우선은 살아내야 한다. 그래야 행복이 찾아온다.

무속인이 주식을 하면 대박이 날까?

"법사님, 저 올해 주식 하면 돈 좀 벌 수 있을까요? 요즘 장이 좋다고 해서 주식 좀 사려고요."

지인들만 해도 열에 여덟은 주식을 하고 있으니 대한민국은 지금 주식 열풍에 빠져 있다고 해도 과언은 아니다. 서점의 베스트셀러 가판대만 봐도 주식 관련 책들이 한자리 차지하고 있을 정도니 말이다.

"선생님은 주식 안 하세요?"라고 물으면 "주식은 안 합니다."라고 단호하게 말하지만 사실 몇 년 전만 해도 주식에 빠져 매매 일지를 쓸 정도로 주식광이었다는 사실을 고백한다. 사람들은 나를 기도만 하고 신성한 일만 할 것 같은 종교인으로 생각하지만 나도 욕망과 호기심을 절제하지 못해 방황하던 시절도 있었다. 수많은 사연을 접하면서 투자회사와 주식회사를 운영하는 기업가들을 만나게 되었다. 상담하기 위해서는 기업에 대해 어느 정도의 지식은 있어야 하니 주식과 관련된 방송과 책을 찾아보다 우연히 투자의 매력에 빠져버렸다.

공부하면서 나름 가치 투자를 하겠다는 소신까지 세우며 주식에 임했고 몇 년 동안 많은 수익률을 올렸다. 당시 나는 유통주, 내수주, 게임주에 관심을 가지며 투자했고 내가 생각한 대로 수익은 쌓여만 갔다. 하지만 쉽게 수익을 내니 부작용이 생겼다. 바로 주식 중독이었다. 본업은 잊은 채 내가 산 주식과 세계 경제 동향에만 관심을 가졌고, 주식이 떨어지는 날에는 감정의 날이 서있는 보기 싫은 모습을 발견했다.

주식 하나에 감정이 오르락내리락하니 이대로는 안

될 것 같아 모든 주식을 처분하고 본업에 충실하기로 했다. 그러다 일에 대한 회의감과 깊은 슬럼프가 찾아와 상담을 내려놓고 쉬었다. 악마는 방황하고 고민하는 시기에 찾아오기 마련이다. 대박주가 있으니 그냥 묻어만 놓고 일하라는 친구의 말에 홀려 주식으로 벌었던 돈을 모두 투자했고, 신경 쓰기 싫어 보지도 않고 있었다. 주식도 죽기 살기로 열심히 공부하는 사람들이 대체로 수익을 잘 내는 편이다. 나는 그 당시 일에 대한 열정도, 주식에 대한 재미도 시들해져 있었기에 친구가 추천한 기업을 꼼꼼히 알아보지도 않고 투자했다.

몇 달 후 내가 투자한 기업의 사장이 주식 거래를 조작해 결국 그 주식은 거래 정지를 당했다. 다행히도 정지되기 전에 매도했지만 본전을 회수해야겠다는 생각에 이리저리 급한 매매를 시도했고 결국 몇 년 동안 벌었던 수익금을 모두 날리고 말았다. 한동안 자책하며 투자 관련 어플을 다 삭제하고 내 눈에 흙이 들어가기 전에는 주식을 안 하겠다고 맹세했다.

불안한 사회 속에서 안전한 투자처를 잃은 사람들은 단시간에 수익을 내는 위험한 주식 투자에 열광했고, 지인들도 꽤 많은 수익을 냈다. 동학개미를 자처하며 주식판에 뛰어든 친한 동생은 아직도 나에게 "돈 가지고만 있으면 손해예요. 우량주로 사서 묻어두고 있어요."라고 말한다. 그런 그에게 전화가 오는 날은 주가가 올라 기분이 좋은 날이고, 문자 한 통 없는 날은 주가가 떨어져 깊은 생각에 빠진 날이다. 앞으로 주식 투자를 하는 인구는 더 늘어날 것이다. 진흙 속에 진주를 찾는 마음으로 사람들은 서로 경쟁하며 피도 눈물도 없는 냉정한 주식 판에서 승리의 깃발을 올리려고 한다.

그 당시 나는 주식으로 수익금을 다 잃고 자책했지만 지금 생각해 보면 오히려 그때 돈을 잃은 것이 나에게는 너무 잘된 일이었다. 그때 내가 돈을 잃지 않았다면 아직도 주식에 빠져 그때 잃은 돈보다 더 큰 것을 잃고 후회하고 있을 것이다. 이후로 주식에 관한 상담은 하지 않는다. 주식에 빠져 있는 사람은 어떤 말도 잘 듣지 않기 때문이다. 올해는 운기가 나쁘니 투자하지 말라고 했는데도 결국 전 재산을 잃고 빚더미에 앉은 사람을 많이 봤다. 반면에 투자하지 말래서 안 했더니 주위 사람들은 모두 돈을 벌었다면서 그 돈을 못 번 게 나 때문이라고 원망하기도 한다.

사람의 욕망은 이기적이다. 다른 사람들이 주식으로 돈을 벌어도 정작 내가 벌 수 있는지는 해봐야 아는 것이다. 주식으로 대박 나는 운명은 분명히 있고 지금 이 시간에도 환호성을 지르면서 승리의 술잔을 기울이는 사람은 존재한다. 하지만 이것만 명심해라. 최악의 결과가 최선이었다는 것을, 우연히 찾아온 큰 행운이 불행의 씨앗이었다는 것을 시간이 지나면 알게 될 것이다.

의지와 믿음만 있다면

몇 달 동안 하루도 쉬지 못하고 신령님의 일에 매진할 때가 있다. 몸은 힘들지만 매번 놀라운 원력으로 일을 멈출 수 없게 하신다. 가끔 의지와 믿음 없이 나를 찾아오는 사람들도 있다. 하지만 내가 모든 이의 인고를 받아줄 수는 없는 법이다. 자기 멋대로인 사람 한 명을 포기하면 아홉의 신도들이 길을 찾는다.

이미 자식이나 남편 혹은 아내 편에 서서 생각한 후, 자신이 듣고 싶은 말이 내 입에서 나오지 않으면 공감하지 못해 실망한 채로 나가는 경우도 있다. 당장 올해에 자식을 명문대에 보내고 싶다는 부모에게 올해는 아이의 실력이 부족하니 공부를 더 열심히 할 것을 조언했고, 아이가 원한다면 재수를 하는 것도 방법이라고 말했다. 그러나 부모는 하루에 4시간만 자면서 공부하는 아이에게 실력이 부족하다는 말을 한다면서 눈을 흘기며 법당 문을 나섰다. 아이는 결국 원하는 대학에 가지 못했고 다시 찾아온 부모는 아이가 공부를 하는 줄 알았는데 게임에 중독되어 그동안 독서실을 간다 하고 피시방에 가고 있었다고 했다. 진작 법사님 말을 들었더라면 미련을 버리고 해결책을 찾으려 노력해 봤을 텐데, 자신이 너무 미련했다면서 후회했다.

무속인의 말보다는 자식의 노력을 더 믿고 싶었던 그들의 마음은 충분히 이해한다. 쓴소리를 해야 하는 나로서도 마음이 편하지만은 않다. 사람들은 점사를 보러오면 당장 잘 풀려서 잘될 거라는 달콤한 말을 기대하지만 실상은 그렇지 않다. 기다림이 힘든 사람들, 지금 당장 성공해야 하는 사람들은 오랜 세월이 흘러도 발전하지 못하고 항상 그 자리에 머무른다.

모든 일에는 때가 있고 순서가 있다. 지금 당장이 아니어도 괜찮다. 인생에 있어서 1, 2년 늦는 것은 아무런 문제가 되지 않는다. 비가 내리는 날에 비를 다 맞으면서까지 무리하게 일을 진행할 필요는 없다. 노력이 최선이라는 말보다는, 노력과 그 시기가 잘 맞을 때 가장 큰 힘을 발휘할 수 있다.

채움과 비움

무작정 기차를 타고 강릉으로 떠났다. 운전을 하려고 했지만 몸 상태가 안 좋아 가방 하나를 질끈 메고 떠났다. 내가 가고 싶은 곳은 양양인지라 강릉에서 차를 빌려 낙산사와 양양의 해변으로 떠났다. 바다에 서서 용왕님께 인사를 올리고 사찰에 들어가 성중님께 기도를 올렸다.

바다를 보니 가슴이 뻥 뚫렸다. 강릉은 관음 성지가 많아서 그런지 강릉 바다에서는 관세음보살의 위신력威神力이 크게 느껴진다. 반야의 지혜와 부처님의 연기법이 머릿속에서 떠나지 않았다. 신령님은 나에게 비우려고 왔겠지만 그만큼 채워가야 한다고 하셨다. 생각할 시간을 가지며 쉬려 했지만 이놈의 직업병과 절실한 불심이 또 발동해 백팔배를 하고 1시간 넘게 참선기도를 했다. 그 후 이리저리 자리를 옮겨가며 강릉 바다의 원력을 몸으로 받았다. 내려놓으려고 왔는데 또 이렇게 채워가려고 하는구나, 나도 중생이구나, 하고 생각하던 찰나에 신령님의 말씀이 들렸다.

"새로운 명기明氣를 받아서 너를 찾는 중생들을 구제해야 한다. 문밖에 너의 신통력을 받으려고 사람들이 줄을 선다. 서울로 올라가거라. 해결해야 할 일이 많으니라."

부랴부랴 막차를 타고 그날 밤 서울역에 도착했다. 많은 고통과 사연을 풀어내느라 두 달 동안 쉴 새 없이 달렸다. 누군가 나에게 사람을 가려가면서 보냐고 따지듯이 물은 적이 있다. 당연하다. 나는 사람을 가려서 본다. 인연법因緣法이 없는 자가 잘못 들어오면 아홉의 선량한 목숨들이 구제받지 못한다. 지금 이 글을 읽고 있는 당신도 마찬가지다. 당신도 사람을 가려 사귀면서 대인관계를 맺어야 한다. 사람 관계에서 발생하는 문제가 가장 해롭다.

관음기도의 첫 번째 소원은 나를 옳은 방향으로 인도할 수 있는 사람을 만나게 해달라는 것이다. 내가 기도를 많이 하고 원력이 강해지니 신도들의 생명과 생활의 질이 달라진다. 초창기 신령을 모셨을 때는 말도 안 되는 사람들을 상담해서 머리가 아팠다면, 지금은 내 운기가 좋은 만큼 법당에 예의 바르고 지혜가 가득한 신도들이 찾아온다. 혼자 가는 인생은 없다. 인생의 운로運路는 결국 사람 때문에 내리막과 오르막을 수없이 오가게 된다.

꿈이 사치라고 생각하는 사람들

20여 년 동안 무속인의 길을 걸으며 우여곡절이 많았다. 무속인이 하는 일은 좋은 말로 어려운 이들을 구제하는 것이고, 우스갯소리로는 '하수 처리장'이라고 생각한다. 그 이유는 감정 골이 극단적으로 깊은 사람들을 상담해서 도와야 하기 때문에 내담자의 감정을 받아주는 감정 쓰레기통이 된 기분이 들 때도 있기 때문이다. 수많은 사람을 겪으면서 황당한 일도, 상처받은 일도, 때로는 사연이 너무 슬퍼 부둥켜안고 엉엉 운 일도 있었다. 시간이 지나고 오랜 과거를 생각하니 그 당시 어린 나이었음에도 사람들이 소년에게 마음을 치유받고 다시 시작할 희망을 가졌다는 것이 참 신기하고 감사하다.

그 소년은 통상적인 청소년기를 거치지 못하고 갑자기 어른이 되었다. 사람들이 선생님이라 부르는 위치에 있다 보니 나에겐 스승도, 친구도 없었으며 어디서나 속마음을 꼭꼭 숨겨야 한다고 착각하며 살았다. 스스로를 고립시켰고, 인생사를 상담하다 보니 삶이라는 것이 공허하다고 생각될 정도로 비관주의로 변해버렸다. 내 속에 나를 가두면서 폐쇄적으로 변했으며 나의 이야기를 누군가에게 한다는 것 자체가 어색하기만 했다.

이 책을 쓰면서도 속마음을 털어놓을 생각에 글을 몇 번이나 썼다 지웠다 반복했다. 책을 쓴다는 것은 내 속에 있는 것을 쏟아내고 고백하는 일에서부터 시작된다. 지금 글을 쓰고 있는 것이 아니라 이 글을 읽는 당신과 대화한다고 생각하며 입으로 소리 내면서 쓰고 있다. 내가 겪었던 고통과 후회, 아둔함과 자만심, 그로 인해 얻은 깨달음을 당신과 나눈다고 생각하니 오히려 쓰는 작업이 설레고 두근거린다. 나는 좋아하는 일에 빠지면 물불 안 가리고 한길로 매진하는 스타일이다. 이 책이 뭐라고 이렇게 떨리고 벅차오르는지. 드디어 제2의 꿈을 찾은 것 같다.

어떤 일을 할 때 가슴이 뛸 정도로 좋아야 꿈이라 할 수 있다. 꿈을 가지면 묘한 긴장감 때문에 가슴 떨리는 즐거움이 생긴다는 것을 이제야 깨달았다. 20년 만에 새로운 꿈이 생기니 상담도 뒤로 미뤄두고 몇 달간 글쓰기에만 전념했다. 꿈을 가지니 삶에 활력이 생겼고 상담이 끝난 후 책을 읽고 글을 쓰는 시간이 무척이나 기다려졌다. 예전 같으면 쳇바퀴 돌듯 헬스장이나 가고 기도하면서 지겹다는 볼멘소리로 하루를 마쳤을 것이다.

본인을 꿈꿀 자격도 없는 사람이라고 자책하지 마라. 찾아보면 분명 가슴속을 미묘하게 울리는 일이 있을 것이다. 꿈이 없다는 것은 희망이 없는 인생을 사는 것과 같다. 그러니 지금부터라도 어린 시절에 가장 좋아했던 것도 좋으니 조금씩 다시 시작해라. 깃털이 쌓이면 배도 가라앉는다고 했다. 깃털의 영향도 그 정도인데 사람의 노력은 이것보다 더한 결과를 가져다줄 수 있다. 모든 일은 비약하고 어설프게 시작한다. 내가 정말 좋아서 하는 일이라면 포기하지 마라. 언젠가 당신의 꿈을 이루는 날이 올 것이다.

왜 그렇게 힘들게 살았을까?

올 한 해도 거의 끝이 났다. 인생은 길다고 하지만 삶은 찰나이다. 우리는 한순간의 괴롭고 우울한 마음 때문에 하루를 망치기 일쑤다. 나는 사람들에게 인생을 바꾸는 데 있어 코앞만 보지 말고 최소 5년에서 10년을 보라고 말한다.

나도 내 성격을 바꾸고 직업에 가치와 신념을 갖기까지 10년이라는 세월이 흘렀다. 내가 경험해 보지 못한 일을 상대방에게 말하는 것이 괜한 희망만 주고, 결국 패배

감과 실망만 줄 것 같아 괴로운 적도 많았다. 스마트폰이 생기면서 사람들의 성미는 더 급해져 갔고 나에게 당장 원하는 정보와 결과를 얻길 바라며 뜻대로 되지 않으면 실망하고 분노했다.

그러나 화도 순간이고 찰나이다. 알아차리고 기다려 주면 그대로 없어지는 게 화인데 그 화를 못 이겨 사고를 친다. 괴로움에 인생을 낭비하지 말고 지금 이 순간 행복하자. 이번 해를 우울과 슬픔으로 보냈다면 다음 해는 만족과 기쁨으로 채워보자. 큰 성취를 바라지 말고 우리 아이의 장난에 한바탕 웃어도 보고, 맛있는 저녁 한 끼 먹으며 행복을 느껴보자.

도인이 아닌 이상 올라오는 화를 금방 가라앉히기 어렵다. 하지만 욱하는 성격도 어느 정도 연습을 통해 바꿀 수 있다. 화가 올라올 때 명상을 하라고 하지만 나는 이 방법과는 맞지 않았다. 상대와 나의 다름을 인정하고 내 생각을 상대방에게 강요하지 않는 포용심을 기른다면 화가 나도 금방 풀린다는 것을 깨달았다. “그럴 수도 있지!” 하면서 둥글게 넘어가다 보면 화가 많고 예민한 성격도 어느 정도 바뀐다. 분에 못 이겨 화를 내고 나면 그 순간은 속이 시원할지 몰라도 감정 조절을 못하는 사람으로 비쳐 사회생활과 가족 관계에도 어려움이 생긴다. 화는 더 많은 화를 부르기에 시간이 갈수록 자기 마음을 다스리지 못하면 주체할 수 없을 정도로 충동적인 성격으로 변해갈 것이다.

휴식을 찾아 대전 가는 기차에 올랐다. 기분 좋게 서울역에 왔지만 가는 날이 장날이라고 기차가 1시간이나 연착되었다. 오늘은 화내지 말아야지 다짐하면서도 짜증이 올라오는 나를 보니 웃음이 났다. 그래도 시원한 커피를 한 잔 마시니 다시 기분이 좋아졌다.

행복은
언제나 가까이에 있다

이 사람 저 사람을 겪어가며 모진 세월을 견뎠다. 누가 뭐라 해도 참 열심히 살아왔다. 누구에게 인정받으려고 산 것이 아닌, 내 소신대로 견디며 살고 있으니 오늘만큼은 나 자신을 칭찬해 준다. 나는 감정 표현을 잘하는 사람이다. 때로는 신도의 언행에 기분이 안 좋다고 표현할 때도 있고 잘못된 생각이라고 혼내기도 한다. 감정 표현은 그만큼 그들의 삶에 관심을 갖고 있다는 증표다. 내 성격에 상처받아 인연이 끊어진 사람도 있지만 미워하고 싫어해서 그런 것이 아니니 오해하지 않으면 좋겠다.

지금 내가 끌고 가는 분들이 기도 후에 편안해졌는지, 기다리던 결과가 잘 나왔는지, 매일 초를 켜고 기원하며 좋은 기운이 깃들길 진심으로 비는 마음은 항상 변치 않는다.

수많은 소원을 빌면서 인간은 참 바라는 게 많다는 생각에 허탈할 때도 있다. 유튜브 촬영을 같이 하는 PD가 나에게 꿈이 뭐냐고 물어본 적이 있다. 나에게 꿈을 물어봐 준 사람은 20년 만에 처음이었다.

"도대체 내 꿈은 뭐지?"

꿈이 없다고 말하니 나를 이상하게 쳐다봤지만 실제로 특정 목표나 꿈이 없었다. 타인의 꿈을 들어주는 게 익숙했기에 당연히 다른 사람의 소원을 들어야만 한다는 의무감이 무의식 깊이 자리 잡고 있었다. 그러나 세상에 당연한 것은 없다. 살아온 세월이 나를 이렇게 만들었다. 꿈도 없는 사람이 된 것 같아 마음이 헛헛해졌다.

다른 사람의 소원을 들어주며 행복했지만 정작 내가 좋아하는 것은 찾지 못했다.

신령님을 모신 순간부터 나에게 성공이란 건 없었다. 이미 배우라는 꿈은 포기했고 누가 뭐라 해도 신령님을 모시는 것만이 내가 해야 할 일이었다. 신도의 안정과 행복이 내 성공이라는 생각은 지금도 변함없지만 나도 개인적으로 행복해야 할 권리가 있다. 타인에게 당신은 잘 살 권리가 있다고 희망을 주면서 정작 나는 행복함을 모르고 지냈다.

난 어떤 것을 할 때 가장 행복할까 곰곰이 생각해 보니, 멋진 풍경을 보여주면서 신묘한 산신님과 사찰의 부처님을 촬영할 때가 가장 즐거웠다. 내가 찍은 영상을 사람들에게 보여주며 서로 공감하는 것이 나에게 은근히 큰 행복이라는 것을 깨달았다. 산신각을 소개하는 영상이 촬영비는 많이 들고 조회 수는 적게 나오지만, 그래도 산에 가서 산신님을 소개할 때면 가슴이 뛴다. 지금까지 행복을 너무 멀리에서 찾고 있었다. 가장 가까운 곳에 있었는데 어렵게만 풀어가려고 했다.

오늘만큼은 살아갈 날이 많은 나를 위해 정말 수고 많았다고, 이만하면 잘 살고 있다고 칭찬하고 위로해 주자. 누구에게 도와달라고, 내 마음이 이렇게 힘들다고 말하지 못하는 당신에게 전한다. 혼자 가는 길은 너무 춥고 외로우니 이제 용기를 내서 행복을 향해 한발 내디뎌 보라. 당신도 충분히 행복해질 수 있다.

나는 매미 울음소리가 싫다

여름이면 서로 경쟁하듯 울어대는 매미 울음소리가 싫었다. 내 귀에는 아름다운 자연의 소리가 아닌 종족 번식을 위한 처절한 절규로만 들려 매미 울음소리가 들리기 시작하면 우울해졌다. 나는 왜 매미 울음소리가 듣기 싫은 걸까. 삼각산에 오르니 여름을 장식하듯 매미 한 마리가 마지막 번식을 위해 울고 있었다. 바닥에는 이미 죽은 매미의 사체들이 보였다. 살날이 며칠 남지 않았다는 걸 안 매미는 끝까지 몸부림치며 종족을 남기기 위해 온몸이 찢어져라 울어대는 것 같았다. 매미 울음소리는 꼭 사람이 살기 위해서 몸부림치는 비명과 닮았다. 그래서 그토록 싫었나 보다. 내 고통을 알아달라고 절규하며 살려달라고 지르는 소리 같아서 두려움이 앞섰다.

매미와 사람은 다를 게 없으며 오히려 사람이 매미보다 못한 인생을 살 때도 많다. 당신은 살기 위해 단 한 번이라도 처절하게 몸을 부수면서 온 힘을 다한 적이 있는가. 당신은 사랑하는 사람을 찾기 위해 몸부림을 치며 열정을 태웠던 적이 있는가.

매미는 죽는 순간까지 울다 결국 자기의 임무를 다하고 죽을 것이다. 어떤 일이든 내가 끝났다고 인정하는 순간까지 끝난 것은 없다. 내 삶은 내가 아닌 다른 누군가가 끝내지 못한다. 휩쓸려 가지 말자. 남이 포기했다고 똑같이 따라가지 말고 그 끝이 어디인지는 직접 끝까지 가보자.

이대로 주저앉을 수 없다

작년 겨울에 출판사와 계약하고 올 연말에 책을 내기로 약속했다. 그동안 미뤄왔던 책을 쓴다는 생각에 심적 부담도 있었지만, 대체로 이번 해가 마음이 편하지는 않았다. 한 가지 일이라도 완벽하게 끝내야 직성이 풀리는 성격 탓에 책을 마무리해야 숨을 쉴 것 같아 서둘렀다. 이야기를 써가면서 내가 이런 사람이었구나, 하고 다시 한번 깨달으면서 그 안에서 행복을 찾을 수 있었다.

마지막 원고를 편집자에게 넘기고 며칠 후 충격적인

일이 생겼다. 누군가 나에게 누명을 씌워 모함하고, 이 일과 상관없는 가족의 신상을 밝히며 내 개인 정보를 공개한 것이다. 내가 공익을 위해 온라인 카페를 운영하는 것이 자신의 사업에 걸림돌이 되니 나와 내 가족에게 인격 모독과 인신공격을 하기 시작했다. 갑자기 큰일이 터지니 판단이 흔들려 나와 함께 유튜브를 촬영하는 PD와 상의했다.

"나는 행복하고 싶어서 이 책을 쓰는데 지금 행복하지 않아요. 책이 나오고 즐거운 마음으로 즐기고 싶은데 지금 이 상황이면 억지로 하게 될 것 같아서 출간을 미루고 싶습니다."

"법사님이 행복하지 않다면 출간을 미루세요. 힘들고 어려운 사람들에게 희망을 주는 책인데 법사님이 지금 행복하지 않다면 이 책을 읽을 독자들에게도 진정성을 전달할 수 없을 겁니다."

많은 생각에 끔찍한 추석을 보냈다. 그들의 만행을 보면서 사람에게 환멸이 났고 처음으로 세상과 나에 대한 상실감이 들어 아무것도 하고 싶지 않았다. 나의 형은 가족을 건든 것이 괘씸하다며 변호사까지 선임했지만, 나는 그들을 반드시 잡아야겠다는 열정이 생기지 않았다. 사람을 이렇게 짓밟아 놓고 뒤늦게 법으로 호소한들 가족의 명예는 살아나지 않을 것이고, 사람들은 믿고 싶은 것만 믿을 것이라는 비관적인 생각에 빠져 아무것도 하고 싶지 않았다. 무기력에 빠져 있으니 형이 위로를 건넸다. "너무 걱정하지 마. 잘될 거야. 같이 힘내보자." 하지만 어떤 위로의 말도 전혀 가슴에 와닿지 않았다.

이대로 가만히 있을 수만은 없었다. 무작정 기차표를 예매하고 계룡산 마티고개로 향해 나이 든 서낭나무 앞에서 오랫동안 앉아 있었다. 오늘은 신에게 소원을 빌지 않고 내 마음이 이렇게 힘들고 슬프다며 하소연했다. 급하게 떠난 기도라 돗자리도 챙겨가지 못해 신문지 몇 장을 바닥에 깔고 앉아 기도하는데 옆에 따뜻한 온기가 전해졌다. 고개를 돌려 보니 고양이 한 마리가 나를 쳐다보며 내 다리에 등을 비비고 있었다. 기도가 끝날 때까지

고양이는 곁을 떠나지 않았다. 고양이를 어루만지면서 "너도 나처럼 외로워서 찾아왔구나. 나도 오늘 여기 서낭님께 하소연하려고 왔다."라고 말했다. 가만히 앉아 기도를 드리니 신령님께서 말씀하셨다.

"모든 일은 사람이 벌이고 그 일에 대한 수습도 사람이 해야 하느니라. 툭툭 털고 일어나거라. 민심을 잃지 않았으니 주변에 도움을 요청해라. 너를 믿고 따르는 사람은 어떤 오해가 있어도 결국 너를 믿을 것이다."

신령님의 말씀을 듣고 용기를 내기로 했다. 기차에 올라 신령님이 해주신 마지막 말씀을 다시 떠올려 보았다.

"네가 쌓은 게 뭐가 있으며 잃을 게 뭐가 있느냐?"

좀 전에는 저 말에 화가 나 그 자리에서 소리를 질렀다. 그동안 내가 살아온 세월이 쌓아온 것이 아니면 무엇일까. 나도 사람인데 잃을 게 없다고 하신다면 너무 비참하다고 소리쳤다. 다시 생각해 보니 신령님께 화를 낸 것이 죄송스러웠다. 모든 것이 나의 욕심 때문에 괴로운 거였다. 내가 쌓았다고 생각하면 그걸 지키기 위해 괴로울 것이고 잃을 게 많다고 생각하면 그것이 아까워 분노에 빠져 살게 된다는 게 신령님의 뜻이었다.

"그래. 그냥 비우고 가자."

나는 왜 모든 사람을 만족시키려고 했던가. 100명 중 50명만 나를 좋아해도 성공이고, 그것도 모자라 10명만 나를 따라도 행복하다. 출간을 앞두고 왜 이런 큰 시련이 닥쳤는지 처음에는 도저히 이해할 수 없었지만 나를 많이 도와주시는 한 선생님이 이 난관도 하늘의 깊은 뜻이 분명히 있을 거라고 해주셔서 마음이 놓였다. 이번 일을 겪으면서 많은 것을 내려놨고, 그동안 스스로 나에 대한 기대치가 너무 높았다는 것을 깨달았다.

종교인이 무슨 명예인가. 하늘은 나에게 명예를 갖는 순간 마음이 괴로워지니 그것부터 내려놓고 가라고 말했다. 나는 명예보다는 내 행복에 더 관심이 많은 사람이다. 그러나 살다 보니 감사하게도 나를 좋아해 주는 사람들이 생겼고, 더 나아가서는 시기와 질투, 열등감의 대상이 되기도 했다. 그렇다고 이대로 주저앉기는 싫었다. 그날 밤 나는 다시 마음을 잡고 일상으로 돌아가 다시 치열하게 살아보기로 결심했다. 이번 일을 겪고 나니 나와 같은 시련을 겪었을 이에게 꼭 해주고 싶은 말이 생겼다.

힘들어해도 되고 억지로 기운을 안 내도 좋습니다.
울고 싶으면 울고 충분히 아파하고 힘들어하세요.
오히려 바닥까지 내려가 보니까 올라올 힘이 생기더라고요.
아플 거면 차라리 많이 아파하고 더 많이 우세요.
억지로 일어서려고 하면 금방 또 무너집니다.
내가 힘들어하면 주위 사람들이 더 힘들 거라는 쓸데없는 배려도 하지 마세요.
내가 행복하지 않으면 주위 사람들도 절대 행복하지 않습니다.

자, 실컷 울었으니 다시 한번 힘을 내서 툭툭 털고 일어나 보세요. 일어나서 일상으로 돌아가 치열하게 한번 살아봅시다.

분명 전과는 다른 내가 되어 있을 거예요.

도움받을 용기는 반드시 필요하다

이번 일을 겪으면서 나의 고질적인 문제도 알게 되었다. 지금까지 항상 누구를 도와주는 입장이었어서 다른 사람에게 싫은 소리나 도와달라고 요청하지 못하는 성격으로 변해 있었다. 그러나 이번엔 용기를 내 공익을 위해 활동하시는 분들에게 전화해서 내 상황을 말했고, 그 분들은 내가 해왔던 일은 좋은 활동이었다면서 적극적으로 나를 지지해 주고 도와주겠다고 했다.

그동안 나는 독불獨不로 살아왔다. 타인과 타협하지 않고 나만의 기준으로만 살다 보니 대인 관계가 한정적이었다. 이번 기회에 여러 선생님을 만나 새로운 소통을 시도했고 만남 속에서 또 다른 배움을 발견했다. 혼자 고민하고 끙끙 앓던 것이 오히려 쉽게 해결되는 신기한 경험이었다. 서로의 뜻을 이야기하며 그 사람이 살아온 세월에서 얻은 생각들을 들을 수 있어 동지를 만난 것처럼 든든하기까지 했다.

며칠 후 친하게 지내는 동생의 어머니가 급성백혈병으로 혈소판이 부족하다는 연락을 받았다. 이 동생도 자존심이 강해 생전 남에게 아쉬운 소리를 안 하는 성격이었는데 나한테 이런 부탁을 하는 모습을 보니 많이 급한 것 같아 마음이 아팠다. 도와줄 방법이 뭐가 있을까 생각하다 불현듯 나를 믿고 따라주는 유튜브 구독자분들과 신도님들, 그리고 블로그 이웃들이 떠올랐다. 이런 시국에 헌혈을 부탁하는 게 죄송스러웠지만 유튜브와 블로그에 동생의 사연과 함께 지정 헌혈을 도와달라는 도움 요청의 글을 올렸다. 글을 올린 후 생각지도 않게 수많은 사람의 응원 댓글을 받았고, 동생에게는 헌혈을 해주겠다는 여러 통의 전화가 왔다고 했다.

“형, 너무 신기해요. 수십 분에게 연락이 와서 힘내라고 응원해 주셨어요.”

“창피하거나 미안하다는 생각은 하지 마. 도움을 요청할 때는 너의 마음을 확실히 표현해. 어머니만 살리면 되잖아. 그것만 생각하고 가자.”

동생은 눈물을 흘리며 은혜를 꼭 갚겠다고 했다.

“은혜는 나에게 갚을 게 아니라 응원해 주고 헌혈을 도와주신 분들께 갚으면 돼. 어머니께서 건강해지시면 함께 감사하다고 인사 한번 드리자. 그러면 모두 이해해 주실 거야.”

나는 가만히 있는데 남이 내 마음을 알아주고 도와주길 바라는 건 바보 같은 행동이다. 다른 사람의 시선을 많이 생각하는 사람일수록 남에게 아쉬운 소리나 도움 요청을 하지 못하고, 결국 관계도 깊게 맺지 못해 겉돌게 된다. 도움을 받고 싶다면 가식이 아닌 진정으로 마음을 다해 요청해야 한다. 거절당할 두려움은 미리 걱정하지 마라. 요청까지만 당신이 할 일이고 받아들거나 거절하는 것은 상대의 선택이다. 시작이 어렵겠지만 도움받을 용기는 반드시 필요하다. 나는 앞으로 사람들에게 계속 도움을 요청할 생각이고 나도 상대가 도움을 요청할 때 할 수 있는 한 도와줄 것이다. 나를 생각해 주고 도와줄 사람은 아무도 없을 거라 생각하며 자신을 쇠사슬로 꽁꽁 감싸지 말자. 내가 먼저 손을 내밀면 반드시 내 손을 잡아줄 사람이 있다는 것을 잊지 마라.

흔한 말
한마디가 사람을 살린다

감정이 메말랐는지 "힘내세요", "응원합니다", "멋져요"와 같은 말이 언제부턴가 마음에 와닿지 않았다. 그냥 하는 말이려니 넘기고 살았는데 힘든 일을 겪고 보니 그 흔한 말 한마디가 가물었던 내 마음을 적시는 물 한 방울이 된다는 것을 깨달았다. 상심을 겪고 있을 때 나를 잘 따르던 무속인 후배가 "선생님, 힘내세요. 사실 제 롤 모델은 법사님입니다."라고 말했다. 이 말에 내가 누군가에게는 닮고 싶은 사람이구나, 내가 그동안 잘못 살지는 않았구나, 하는 생각에 큰 위로가 되었다. 생각해 보니 그 친구가 힘들 때 나도 "잘될 거야. 지금 충분히 잘하고 있어. 축하한다!"라는 말을 자주 해줬었다. 그 친구는 내가 던진 흔한 말에도 희망과 큰 위로를 받았던 것이다.

나의 태도가 잘못된 것을 인정하는 순간 바로 바꿔야 한다. 말 한마디만큼 돈 들이지 않고 쉽게 바꿀 수 있는 행동은 없다. 가족에게는 감사하다는 말을, 나를 걱정해주는 지인들에게는 꼭 해낼 것이라는 말을, 나에게는 지금 충분히 잘하고 있다고 말해주니 마음이 살 것 같았다. 위로는 일방적이지 않다. 내가 먼저 상대를 위로하고 아픔을 알아줬을 때 돌아오는 것이 위로다. 그 위로가 우울감과 자괴감에 빠져 있는 당신을 생각지도 않게 구할 수 있다는 것을 꼭 명심해야 한다.

더 이상 기다릴 시간이 없다. 지금 이 시간이 지나고 나면 나도 없고 상대도 없다. 지금 당장 사랑하는 내 가족과 애인, 친구와 스승에게 감사한 마음을 표현해 보자.

말 한마디가 그들을 살리고, 결국 그들이 받는 좋은 에너지가 나에게 되돌아온다.

내 마음속의 정원

우연히 들어간 북한산의 한 카페에서 잘 가꿔진 정원을 보고 한동안 넋을 놓고 말았다. 아름다운 정원이 펼쳐져 있고 저멀리에는 북한산의 전망이 한눈에 보이는 최고로 아름다운 카페였다. 며칠이 지나도 카페의 풍경이 잊히지 않아서 다시 날을 잡아 촬영 장비를 들고 아침 일찍부터 카페에 다시 방문했다. 낮에는 사람들이 많아 촬영이 어려울 것 같아 오픈하기 전부터 밖에서 기다리고 있었는데, 아무도 없을 줄 알았던 카페에 사람들이 분주하게 움직이는 것이 보였다. 드디어 카페 문이 열리고 첫 번째 손님으로 들어가 커피를 주문하고 앉았다. 한 사람은 정원에서 땀을 흘리며 풀을 깎고 몇몇은 정원의 나무와 꽃들을 하나하나 점검하며 가지치기를 하고 있었다.

정원의 겉모습만 봤을 때는 누군가의 손을 거쳤을 거라 생각하지 못하고 당연히 알아서 아름다움을 뽐내는 거라 생각했었다. 그러나 이 아름다움을 만들기 위해 많은 사람들이 매일 땀을 흘리고 있었다. 무심히 바라보는 하나의 풍경에도 이 정도로 공을 들이는데, 우리도 자신의 마음에 이것의 반만이라도 공을 들인다면 무척 행복할 것 같다는 배움을 얻었다.

우리는 보여지는 외형에만 치중하며 얼굴, 몸매, 비싼 옷, 좋은 향기, 멋진 차를 갖기 위해 많은 돈과 시간을 쓴다. 그러는 사이 정작 우리 마음에는 어떤 꽃이 피는지 전혀 신경 쓰지 않는다. 당신도 성공을 위해 앞만 보고 달려왔을 테고, 일과 가정, 동료와의 관계에만 치중하며 치열하게 살고 있을 것이다. 그럴 때일수록 내 마음을 돌보지 않는다면 결국 나라는 나무는 썩게 되고 나의 정원에는 벌레와 잡초만 가득해진다. 전체적으로 보면 내 삶이 그 전보다 나아졌을지는 몰라도 정작 내가 어떤 목적을 갖고 살아야 하는지조차 잃어버리면 불안을 안고 살게 된다.

도저히 생각이 정리되지 않고, 불안의 이유조차 모르겠으며, 자주 화가 밀려오고 삶에 대한 의미를 잃었다는 생각이 들 때는 내 마음의 정원을 들여다보라. 이제 제발 나를 한번 봐달라는 내면의 소리이다. 다른 사람의 기분은 신경 쓰면서 정작 당신의 마음은 어떤지 전혀 관심이 없으니, 내 마음속 정원에 사는 아이는 멋대로 삐뚤어진다. 정원의 나무와 꽃은 풀벌레와 새가 찾아와야 조화를 이루고, 벌과 나비가 날아와야 아름답고 멋진 꽃과 열매를 맺을 수 있는 것처럼 우리 마음속의 정원에도 아직 성장하지 못한 많은 아이들이 살고 있다.

"법사님은 밖에 나오면 고등학생 같아요. 어린아이같이 순수한 면이 있는 것 같아요."라는 말을 자주 듣는다.

17살에 세상과 마주했으니 내 마음속 정원에는 고등학교 1학년, 배우를 꿈꾸던 아이가 아직도 자리 잡고 있다. 쉬고 싶어도, 더 자고 싶어도, 술 한잔 마시고 신나게 놀고 싶어도 나는 그러면 안 되는 사람이었다. 스스로를 엄격하게 몰아붙였고 내 마음이 부서지든 말든 눈에 보이지 않는 신의 세계에 들어왔으니 근거를 만들기 위해 피나는 노력을 해야만 했다. 그럴 때마다 주기적으로 큰 슬럼프가 찾아와 방황했고 결국 산에서 기도하면서 마음을 잡고 달래며 지금까지 지내왔다.

마음이라는 영역도 사주와 무속처럼 과학적으로 설명할 수 없는 부분이 많다. 심리학자들은 마음속의 아이를 이제 놓아줘야 한다고 말하지만 이에 동의하지 않는다. 그 아이가 나의 본모습인데 왜 인정하지 않고 보내주려고 하는가. 그건 보내주는 것이 아닌 쫓아내는 것이며 아이를 보내고 싶다고 해서 쉽게 내보낼 수도 없는 노릇이다. 내 마음속 정원은 지금의 내가 가꾸는 것이 아닌 내면의 아이와 함께 가꾸며 성장해야 하는 공간이다. 그러니 내면 속 아이의 존재를 인정하고 따뜻하게 안아줘라. 상처를 받은 아이가 내 안에 있다면 "이제 괜찮아. 앞으로 그런 무서운 일은 절대 일어나지 않아."라고 말해 이제 스스로를 지킬 수 있는 인격체가 되었음을 인지해야 한다.

한 해를 마무리하면서 혹은 한 해를 시작하면서 마음이 지쳐 도저히 살아갈 용기가 나지 않는다면 거창한 계획을 세우기 전에 방에 홀로 앉아 내 마음과 이야기를 나눠보자. 지금 가장 힘든 것이 무엇인지 내가 불안해하는 것은 어떤 것이고 내 마음속 상태는 어떤지 스스로에게 질문을 하다 보면 내 마음속 정원에 어떤 노력을 들여야 하는지 알게 될 것이다.

멀쩡한 가지를 과감하게 잘라내는 정원사를 보니 아까운 마음이 들었지만 정원사는 곁가지를 서슴지 않고 잘라버렸다. 곁가지를 쳐내지 않으면 주위에 뻗어 나오는 가지들이 빛을 보지 못해 더 풍성해지지 못할 것이다.

사람 마음도 자연과 전혀 다를 것이 없다. 내 마음을 들여다보는 시간이 무척 고통스럽겠지만 그 과정을 보내고 나야 자존감이 높아지고 스스로를 아끼고 사랑하게 된다. 앞으로 당신의 나무에도 더 건강한 새 가지가 자라길 바란다.

잠깐 쉬어가세요

평소에 '공'을 들이면 '운'이 따른다고 한다.

공을 드리는 것은 갖은 노력과 정성을 다하는 것.
기회는 준비하고 기다리는 자에게 잡힌다.

비관적인 사람에게는
기회가 기회인지 모르게 스쳐 지나가는 바람처럼 느껴질 것이다.

노력하다 생긴 인연을 좋은 관계로,
관계를 관심으로,
결국 내 안의 인연으로 만들어 가는 것.
공을 들이면 좋은 인연도 운도 내 편이 된다.

가끔은 인생을 살며 잊은 사람은 없는지 가족에게 소홀한 건 없었는지 생각하는 시간을 가지길 바란다.

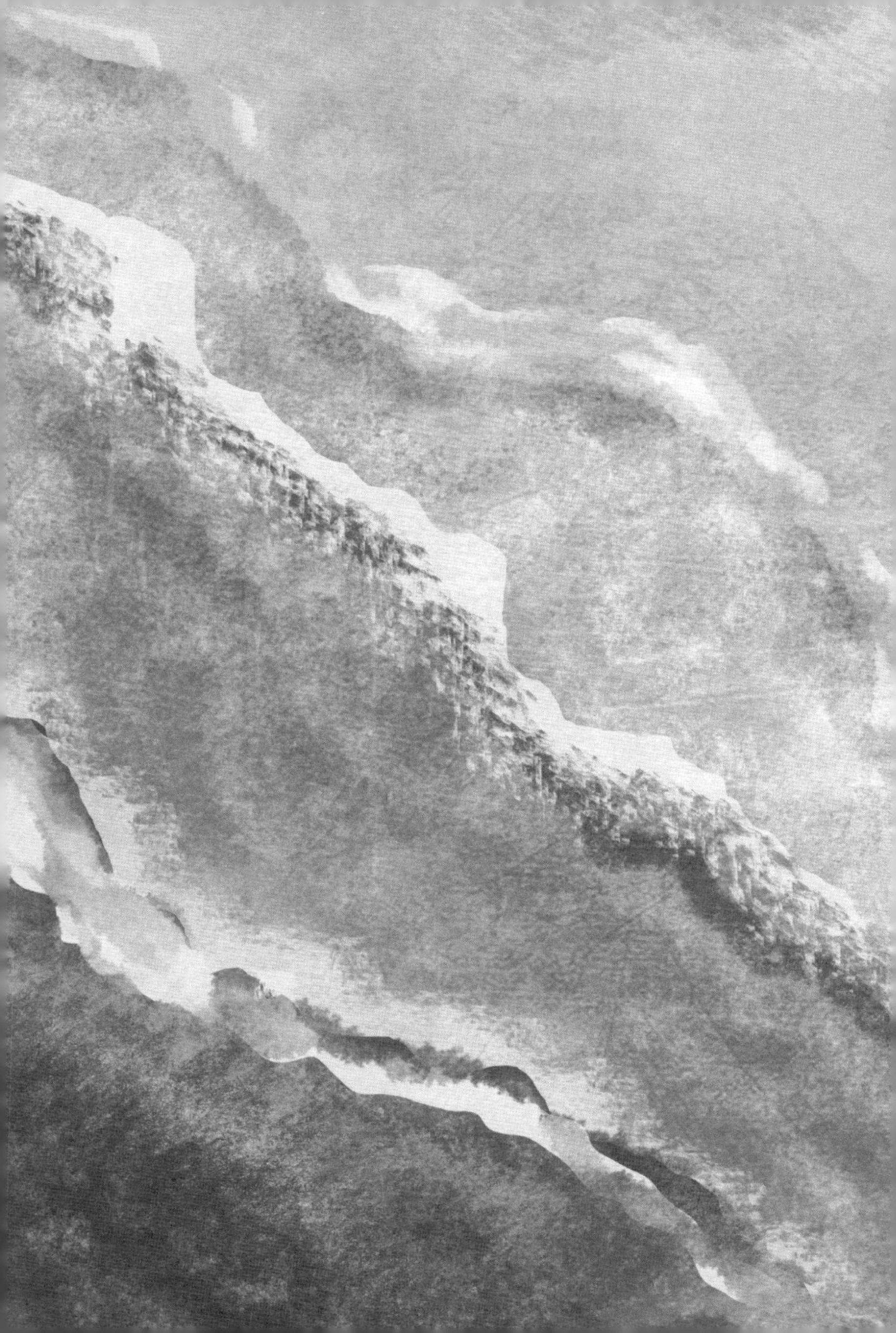

2

모두에게
그런 시절이
있다

귀중하지 않은 인생은 없다

나는 친절하지 않지만 그렇다고 예의 없지도 않다. 항상 중도를 지키려고 노력하고 있다. 타인의 운명과 인생의 흥망성쇠를 진단하고 기도해 주는 일은 내가 냉정하지 않으면 할 수 없는 영역이다. 손님들과 쓸데없는 수다로 영적 기운을 낭비하지 않으며 그럴 시간에 신도들에게 촛불 하나라도 더 밝혀 좋은 소식을 전할 수 있게 노력한다. 그게 내 신념이고 나만의 방법이다.

"선생님, 꼭 도와주세요. 잘 살고 싶어요."라는 한마디만 들어도 돈은 뒷전이고 그 사람을 먼저 살려주고 싶은 마음이 강해진다. 하지만 기도 앞에서 생각이 많고 재는 사람들, 의심하는 사람들, 그 달에 기도를 올리려고 했지만 내 예언이 맞는지 안 맞는지 확인하면서 저울질하다가 상황이 악화되어서야 어쩔 수 없이 기도해달라는 사람들은 받지 않는다.

나에게 돈이 없으면 기도도 못 하는 거냐고 감정적으로 항의하는 사람들이 있다. 상대를 제대로 알지 못하고 자기만의 기준으로 판단을 내리고, 말을 함부로 내뱉으면 그것 또한 업장業障을 짓는 일이다. 나를 제대로 아는 사람이라면 그런 말은 하지 못할 것이다. 당연히 기도에 있어서 대가 지불과 부처님 시주공덕 기도비는 필요하지만 나에게 돈을 갖고 와서도 기도를 못 드리고 가는 사람도 의외로 많다. 돈이 목적이었다면 요즘 점집에서 유행한다는 카드 결제기부터 놓고, 나이 제한도 두지 않았을 것이다.

20여 년째 신령님을 모시면서 이 일을 하다 보니 금전이 인생의 척도가 될 수 없음을 깨달았다. 돈은 나에게 큰 즐거움이 되지 못했다. 나는 내 직감을 믿으며 내 점사를 의심하지 않는다. 상대의 성공을 바라고 기도해 주는 일을 하면서 돈에 양심을 팔고 싶지 않다. 내 삶의 목적은 돈이 아니라 일의 즐거움이다. 힘든 사람이 나와 기도하고 상황이 조금이라도 풀렸다는 소식을 들을 때의 성취감은 어떤 것과도 바꿀 수 없다.

젊은 무속인의 항변

점집에 자주 가서 조언을 듣고 기도드리는 신도에게 "네가 정신력이 약해서 그래. 세상에 신이 어딨어. 다 돈 벌려는 수작이야. 난 그런 거 절대 안 믿어."라고 그의 친구가 말했다. 당시 그 친구는 잘나가는 대기업을 다녔기에 큰 걱정이 없었고 신도는 중소기업의 경리로 일하며 불안한 하루를 살고 있었다. 친구는 그를 점집에 자주 드나든다고 계속해서 무시했고, 결국 그들의 사이는 멀어지게 되었다.

잘나갈 때는 사주나 운명을 믿지 않게 되고 나 자신을 더 믿게 되는 것이 사람의 심리다. 그러나 사람은 누구나 힘든 시기가 찾아오기 마련이고, 난관에 봉착하면 운명과 운수가 있다는 것을 인정하게 된다. 종교 또한 내가 극한의 어려움이나 고통이 찾아왔을 때 믿게 되고 간절한 기도 끝에 평온과 안정을 찾을 수 있다. 내가 본 성공한 사람들의 공통점은 자만하지 않고 운명을 점검했다. 그런 사람들이 큰 어려움 속에서도 늘 현명하게 헤쳐 나갔다.

친구의 말에 흔들리지 않고 일과 운명 점검 두 가지 다 열심히 했던 그는 든든한 남편을 만나 아이 셋을 낳아 행복한 가정을 이뤘고, 《세 아이를 키우는 워킹맘의 행복한 육아 이야기》라는 책까지 내며 작가로 활동하고 있다. 운명을 본다는 것은 스스로의 가능성과 그릇을 점검하는 일이다. 우리 고유신앙인 무속은 조상, 산신, 칠성, 용궁을 위하며 자식과 가정이 평안하길 바라는 기복신앙祈福信仰이기도 하다.

현대 과학은 운명과 무속에 근거가 없다며 아직까지 터부시하고 있는 것이 현실이지만 이 세상은 어떻게 만들어졌으며, 사람은 누가 어떻게 만들어 냈고, 죽으면 어디로 가는지에 대해서는 정확한 답을 찾지 못했다고 생각한다. 조상과 영의 세계는 시공간을 초월하며 세상에는 말로 설명할 수 없는 일들이 너무 많기 때문이다.

사람들은 무속을 믿지 않으려고 하면서도 기적이나 초월적인 일이 찾아오길 바란다. 조상님과 부모님, 그리고 나를 한 나무로 비유하면 뿌리는 조상님이며 기둥은 부모님이고 줄기에 맺히는 열매가 바로 우리다. 우리는 어디서 나왔는가? 태초에 할아버지, 할머니의 피를 받고 부모님을 만나 태어났는데 나를 만들어 준 조상님과 부모는 내 삶이 더 중요하다는 이유로 등한시하는 경우가 많다. 운명을 점검할 때는 먼저 내 뿌리부터 살펴보아야 한다. 또한 사주팔자는 년주, 월주, 일주, 시주로 구성되어 있으며 네 기둥과 여덟 글자의 조합, 그리고 목화토금수의 오행이 서로 상생과 상극을 하는 관계로 이루어져 있다. 간단해 보이지만 오행 중 한 가지만 없어도 우리는 숨을 쉬지 못한다. 인간은 오행의 기운을 받으며 지구에 있는 땅과 물과 흙의 도움을 받아 살아가고 있으므로 사주를 무시한다는 것은 자연의 섭리를 인정하지 않겠다는 것과 같다. 그렇다고 사주와 무속을 맹신하라는 뜻은 아니다. 각자의 가치관에 맞춰 내가 끌리는 종교를 갖는 것이 행복해지고 복을 가질 수 있는 최선의 방법이다.

무속인으로서 세상이 역술인이나 점술가에 대한 시선이 아직도 곱지 않다는 것을 충분히 알고 있다. 사주와 무속도 어느 정도 이해를 해줬으면 하는 마음을 담은 젊은 무속인의 항변으로 받아주길 바란다.

사람의 본성

코로나19로 위기를 겪으면서 사람의 본성에 대해 많은 생각을 했다. 사람의 진짜 본성은 위기 속에서 드러나기 마련이고 아무리 큰 위기가 와도 어떻게 대처하냐에 따라 앞으로의 삶이 결정된다.

지난 10년간 법당을 다니며 사업으로 수백억의 자산가가 되었던 신도는 큰 적자 없이 회사를 잘 운영하고 있었다. 그런데 작년 하반기부터 적자가 나기 시작했고 6개월간 회사의 수익이 나오지 않자 불안한 마음에 나에게 잦은 전화로 조언과 상담을 받았다. 나는 그에게 "작은 상가를 하나 팔아서 그 돈으로 직원들 월급을 주고 위기를 넘깁시다. 사업이 잘될 때 사놓은 거니까 일단 급한 불을 끄면 다시 기회는 올 겁니다."라고 말했다. 내 말이라면 무조건 따르던 그는 생각해 보겠다며 전화를 끊었고, 그 후로 나와 연락을 아예 끊어버렸다.

내심 사업이 잘 풀릴 거라는 말을 듣고 싶었는데, 상가를 팔아서 해결하라 하니 많이 실망했을 것이다. 어려웠던 시절에 만나 그의 위기를 같이 힘들어했고, 그의 성공을 진심으로 축하하며 지낸 세월이 10년이기에 단번에 연락을 끊은 것에 대해 서운한 마음이 없진 않았다. 그러나 무조건 잘될 거라는 거짓말은 할 수 없었다. 그는 얼마 안 되는 돈으로 사업을 시작해 빌딩과 아파트, 토지까지 많은 재산을 일구었고, 어려웠던 시절에는 대출을 받아가면서 직원들 월급을 주며 회사를 살리려고 했던 선한 사람이었다. 그의 초심은 사라진 것 같았다.

사람은 왜 돈을 버는 것일까?

죽을 때 가지고 가려고 갖은 고생하면서 일하는 걸까?

돈은 어려운 시기를 잘 넘기기 위해 운이 좋을 때 잘 모아놔야 한다. 사람의 마음이란 게 수백억을 벌면 단돈 몇억 손해 보는 게 아깝고, 당장 입금되던 돈이 줄어들면 신령님도 조상님도 필요 없다고 생각하게 된다. 사람의 본성은 자신의 이익 앞에서 이리도 냉정하다. 사업으로 돈을 잘 벌면 내가 잘나서 성공했다는 자만에 빠지기 쉽다. 직원들의 도움으로 성장했다는 생각은 하지 않고 당장 이익이 나지 않으니 직원들을 해고하기 시작한다. 결국 인생의 가장 큰 자산인 사람을 놓치고 더 큰 수렁으로 빠진 후에야 후회한다.

학원을 운영하는 신도는 코로나19로 인해 최대의 고비를 맞았다. 그를 살리기 위해 명산에 촛불 발원을 했고 나와 신령님을 의지하던 그는 없는 형편임에도 자신도 기도를 올리고 싶다고 부탁했다. 여태까지 학원이 잘될 수 있었던 건 법사님과 신령님의 덕분이라며 지금 상황이 어려워도 대출을 받아서라도 먼저 기도를 올리고 싶다고 했다. 나는 단번에 그의 부탁을 거절했다. 당장 그 돈이면 기도비로 쓰는 것보다 생활비와 학원 운영비로 쓰는 것이 낫다고 단호하게 말했다. 기도는 내가 해주면 되고, 초를 켜고 싶을 땐 초 한 박스만 보내주면 얼마든지 켜줄 수 있다. 그런 그의 간절한 마음이 절실하고 아름다워 나와 신령님의 마음을 감동시켰다.

"괜찮습니다. 걱정 마세요. 그동안 해마다 기도하고 노력했잖아요. 지금은 당신의 운이 나빠서가 아니라 국가의 재난이니 참고 견뎌내야 합니다. 올해에 기도 안 한다고 어떻게 되지 않으니 돈 벌어서 내년에 기분 좋게 기도합시다."

결국 인간의 본성은 어려움 속에서 드러나기 마련이고, 나에게 이익이 되지 않을 때 그제야 무의식 속의 본성이 수면 위로 올라온다. 나는 당장 코앞을 보는 사람이 아니다. 당신도 나처럼 인생을 길게 봤으면 한다. 이번 위기를 겪으면서 달면 삼키고 쓰면 당장 뱉어버리는 인간의 본성에 대해 회의감도 들었지만 시절인연時節因緣이 있다는 것을 알기에 금방 잊었다.

그 시기에 나의 도움을 받아 부자가 되는 것도 그 사람의 운명이고 조상님의 원력이다. 누구를 원망할 것도, 탓할 일도 아니며 물 흘러가듯이 생각하면 된다. 고사에 한 번 엎질러진 물은 도로 담을 수 없다는 복수불반覆水不返이란 말이 있다. 흘러간 물은 되돌릴 수 없으며 떠나간 시간은 붙잡을 수 없다. 과거 인연에 얽매여 현실을 살지 못한다면 그것 또한 미련한 짓이다.

이 글을 읽는 당신 또한 떠나간 사람과 지나간 일에 자책하지 말고 새로운 인연과 일을 만날 준비를 해라. 지금 내가 조금 못 나간다고 기죽거나 움츠러들 필요 없다. 눈을 똑바로 뜨고 어깨를 활짝 펴고 해낼 수 있다는 신념으로 지금의 위기를 돌파해 보자. 당신도 해낼 수 있다.

당신의 염증은 무엇인가

사람의 모습을 하고 있다고 해서 모두 같은 사람은 아니다. 화려한 겉모습과 달리 뒤로는 추악한 행동을 하고, 사람 좋은 척하면서 이리저리 동정을 구하며 도움을 요청하는 이도 있다. 어려웠던 시절에 끼니를 거르면서 허리띠를 졸라매 사업에 성공한 부부가 있었다. 돈이 생기자 남자는 오만해졌고 아내를 무시하고 바람을 피우고 도박을 하면서 두 집 살림을 시작했다. 직원에게도 갑질을 하고 폭력까지 행사하는 그의 오만은 걷잡을 수 없어졌다. 결국 남자는 폭력과 횡령으로 구속이 되었고, 부부는 갈라서게 된다.

“당신 남편은 사람이 아닙니다. 짐승만도 못한 놈입니다. 저는 그 사람을 못 고쳐주니까 하루라도 빨리 이혼하고 새 출발하세요.”

“법사님, 그래도 착한 남편이었는데 어떻게 그렇게 말하시나요. 법사님이 하시는 일이 어려운 사람들을 구제하고 저같이 불쌍한 사람들 도와주는 거 아니에요?”

그녀가 나에게 따지듯이 물었다. 남편에게 매일 맞고도 미련이 남아 그의 성격을 고쳐주겠다는 말을 듣기 위해 찾아온 것이었다. 나는 단호하게 답했다.

“아무리 말해도 마음속에 살인을 품고 있는데 그런 인성을 제가 어찌 고치겠습니까. 그래도 남편이 좋으면 직접 고쳐서 끌어안고 사셔야 합니다. 단 당신의 명을 내놓을 생각을 하고 살아야 할 것입니다.”

가정을 지키는 기도가 아닌 악연을 끊는 기도가 당신에게 필요한 기도라고 말했지만, 그녀는 이미 마음을 정한 후 원하는 대답을 들으려고 왔기에 내 말이 통할 리 없었다. 기가 찬다는 듯이 나갔던 그녀는 1년을 못 가 결국 파경을 맞았다. 이혼하는 과정에서도 남자는 많은 폭력을 행사했고 그녀는 결국 처음에 제시한 위자료도 받지 못한 채 집을 나왔다.

인성을 고칠 수 없을 만큼 태생이 짐승인 놈들이 있다. 그런 썩은 인성들을 불쌍히 여겨 끝까지 동정하고 자기가 부처님이나 된 것마냥 사람을 고쳐 쓰려고 하는 이들이 있다. 이는 착각을 떠나 망상에 빠진 상태다.

때로는 버릴 줄도, 포기할 줄도 알아야 한다. 버리지 못하면 같이 죽거나 세상의 질타를 받는다. 내 몸에 있는 염증을 도려내기 무서워서 그저 바라만 보고 있겠는가. 이제 종기를 과감하게 도려내야 할 때가 왔다. 살갗에 칼을 대야 하므로 두려움이 몰려오겠지만 염증을 도려내야 결국 새살이 돋고 굳은살이 박인다. 그래야 비로소 다시 살 수 있는 길이 열리는 것이다. 작은 염증을 키우면 나중에 큰 혹이 되어 내 인생을 집어삼키게 될 것이다. 당신의 염증은 무엇인가. 이제 들여다보고 해결해야 할 때가 왔다.

쿨한 척하면
나만 손해다

한 번뿐인 인생을 행복하게 살다 가야 하는데 한평생 남의 시선에 휘둘려 자신만의 인생을 살지 못하는 건 안타깝고 미련한 짓이다. 타인의 시선과 기준에만 맞춰 사는 사람들이 있다. 직장 생활을 하는 그는 항상 타인의 시선을 생각하며 상대방의 기분에 맞추려고 했다. 항상 자신의 의견을 피력하지 못하고 상대에게 맞추니 주변 사람의 의견에 끌려다니는 꼭두각시가 되고 말았다.

'저 직원이 나를 어떻게 생각할까?'

'혹시 저 사람이 내 욕을 하진 않을까?'

'마시기 싫은데 그래도 참고 마셔야 분위기도 안 깨고, 사람들이 좋아할 거야.'

그는 회사에서 어느 것 하나 자신의 의견을 내세우지 않았다. 과장은 그에게 "○○ 씨는 성격이 참 좋아. 거절하는 법이 없다니까. 성격이 좋아서 앞으로 성공할 거야."라고 말했다. 이런 말을 들을 때마다 기분은 좋았지만 한편으로는 사람을 대하는 게 미칠 정도로 부담되기 시작했다. 팀 회의에서도 자신감 있게 생각을 표현하지 못하고, 동료가 아이디어를 내면 그저 좋다고 맞장구를 쳐줘 사람들에게는 인성 좋기로 소문이 자자했다. 그렇게 아무런 실적을 내지 못한 ○○ 씨는 결국 승진 심사에서 떨어지고 더 늦게 들어온 후배 사원이 승진하는 일이 벌어졌다.

그 후배는 상사들이 하는 말에 말대꾸하고 불합리한 일에는 무조건 화를 내서 회사에서도 쌈닭이라고 할 정도로 평판이 좋지 못했다. 그런데 그 사람이 아닌 본인이

승진 심사에서 떨어지다니, 결과를 믿을 수 없어 분노가 치밀어 올랐다. 분노가 심해지니 결국 정신적으로 혼란이 왔고, 승진이 안 된 후부터 주위 사람 모두 본인을 험담하고 무시할 것이라는 착각 때문에 고통 속에 살게 되었다.

후배는 비록 주위 사람들이 좋아하는 동료는 아니었지만 자기주장이 분명했고 되든 안 되든 과감하게 아이디어를 밀어붙이는 편이었다. 결국 그의 기획이 눈에 띄어 프로젝트가 시작되었고 눈치만 보며 중립을 지키려고 했던 ○○ 씨는 아무런 실적이 없어 승진할 명분이 없던 것이다. 그는 이 정도면 잘 살고 있다고 생각했다. 하지만 언제나 내 인생을 사는 것이 아닌 타인의 기분과 감정에 맞춰 억지로 따라가고 있었다. 본인이 어떤 의견을 제시했을 때 거기에 따른 질타와 피드백을 두려워한 결과였다.

나는 어린 시절에 사회에 던져지면서 사람들의 의식

과 시선 따위는 신경 안 쓰기로 했다. 학교도 못 다니는 상황이었고 전 재산이라고는 보증금 300만 원밖에 없던 처지였기에 더 이상 잃을 것도 부끄러울 것도 없었다. 한겨울에 찬 바람이 숭숭 들어오는 웃풍이 심한 상가에서 5년을 살면서 얼굴이 얼까 봐 이불 밖으로 얼굴도 내놓지 못하면서 살았다. 이런 환경에서 사는 나를 보고 동정하거나 무시하는 사람도 있었지만 그러려니 하고 굴하지 않았다. "내 인생을 당신이 살아줄 거 아니잖아. 내 인생은 내가 책임질 거니까 신경 쓰지 말고 당신 일이나 잘해." 하고 주변의 동정심을 매몰차게 내친 적도 있었다.

20여 년이 지난 지금, 과거보다는 훨씬 안정된 삶을 살고 있지만 그때보다 얼굴이 더 많이 알려진 상황이 되었다. 방송에 소개가 되고 유튜브를 하다 보니 많은 사람이 알아보지만 아직도 매일 버스를 타고 운동을 다닌다. 이런 나를 보고 이상한 고집 피우지 말고 꾸미고 다니라고 말하는 사람들도 있다. 그러거나 말거나 내가 추레한 옷을 입고 돌아다닌다 해서 내 실력과 명성을 의심하거나 폄하한다 해도 상관없다. 그 사람들이 내 삶을 살아주지 않기 때문이다.

○○ 씨는 사람들이 뒤에서 자기 험담을 할까 항상 노심초사하며 살아왔다. 그는 욕할 만한 게 티끌 하나 없는 사람이 되고 싶었다. 하지만 그런 바람은 망상에 가깝다. 내가 원하지 않는데 억지로 쿨한 척하면 스스로가 불쌍하고 괴로운 삶이 될 수밖에 없다. 쿨한 사람이 되지 않아도 좋으니 내가 정말 하고 싶은 대로 남들 의식하지 말고 자신만의 생각과 날개를 펼쳐보길 바란다.

욕 좀 먹으면 어떤가.
그 사람들과 평생 살지 않는다.

가식으로 위로하려는 사람들

몇 년 전 한 스님이 욕망을 버리고 비우는 삶을 살라고 조언했다. 그의 책은 화제가 되었고 수많은 독자가 이를 통해 위로를 받았다. 나도 지인에게 이 책을 선물 받아 읽어보니 스님의 이력이 궁금해졌다. 그는 명문대를 나와 학벌로는 사회에서 존경받기 어렵지 않아 보였다. 우리나라는 아직도 상대가 무슨 학교를 나왔는지, 무엇을 전공했는지에 따라 신뢰를 부여하는 편이기 때문이다. 스님의 여러 이력을 알고 난 후 더 이상 책을 읽을 수 없었다. 내가 당연히 모든 것을 알 수 없겠지만, 스님이 살아온 인생과 책에서 말하는 무소유의 진리가 겹치지 않았기에 공감할 수 없었다. 오히려 어려운 상황에서 극적으로 성공한 사람의 자서전이 나에게는 더 큰 위로가 되고 동기부여가 된다. 고통적인 삶을 살아보지 못한 사람은 방황하는 이들에게 진심을 호소하기 어렵다. 김미경 씨나 김창옥 씨가 사람들의 지지를 많이 받는 이유는 그들도 극한 상황에서 시작했고 고난의 여정을 독자들에게 솔직하게 말해 공감대가 형성된 것이다.

출간 계약 전에 편집자에게 내가 학력이 좋은 것도 아닌데 대중들에게 해줄 말이 있을까 물었다. 그랬더니 편집자는 "작가님, 지금까지 살아온 인생만 다 써도 열 권이 나오겠어요. 꾸민다고 생각하면 어렵습니다. 작가님의 인생 그대로를 독자들에게 들려주신다 생각하면 돼요. 충분히 희망이 될 것입니다."라고 답했다.

그의 말에 용기를 얻어 출간 계약을 했는데, 막상 글을 쓰려고 하니 한 줄도 제대로 완성하지 못했다. '어… 이상하다? 블로그에 올리는 글은 항상 30분만에 완성했는데….' 이런 고민을 편집자에게 말하니 "너무 잘 쓰려고 하지 마세요. 해주고 싶은 이야기가 있으면 직설적으로 해도 괜찮으니 작가님 편한 대로 하세요. 작가님의 스타일이 싫은 사람도 있겠지만, 좋아하는 사람도 분명 있습니다. 모든 사람에게 작가님을 맞추려고 하지 마세요." 하고 말했다.

편집자의 말에 머리를 맞은 듯했다. 사람들에게 항상 가식 부리지 말고 진정으로 상대를 대하라고 말하면서 오히려 내가 진심을 숨기고 가식을 부리려고 했던 것이다. 나도 사람인지라 멋진 문장을 쓰고 싶었던 것은 사실이다. 내가 살아오면서 경험하고 진정으로 느꼈던 것들을 하나씩 쓰니 일사천리로 진행되었다.

사람을 가식으로 대하면 자신에게도 솔직해지지 못해 괴로움이 찾아온다. 사람은 누구나 가면을 쓰고 살지만 오히려 가면을 벗고, 사실 나는 이런 사람이라고 솔직하게 인정하고 표현할 때 더 잘 풀리는 경우를 많이 봤다.

진짜 모습을 숨기면서 답답한 삶을 살고 있는 당신에게 말한다. 지금 당장 가면을 벗지 않아도 된다. 그러나 가면을 벗고 싶다면 제일 먼저 나 자신에게 반드시 솔직해져야 한다. 자신과의 이야기를 통해 무섭고 떨리고 슬픈 감정을 솔직하게 고백할 때, 내가 쓴 가면이 자연스럽게 벗겨지기 시작할 것이다.

앞으로는 진정성이 주도하는 세상이 될 것이다. 당신의 솔직함과 진정성을 되찾길 응원한다.

인생에 지름길은 없다

사람은 누구나 초년 성공을 꿈꾼다. 젊은 나이에 멋진 외제 차를 타고 싶어 하고, 좋은 옷을 입고 사람들에게 인정받고 대접받길 바란다. 인간의 원초적인 욕망이기에 성공의 욕심이 잘못되었다고 할 수는 없지만, 나는 사람의 복 중에서 초년 성공을 가장 불행하게 본다. 유명 연예인들의 마음 아픈 일들을 보면서 '소년등과 부득호사少年登科 不得好死'라는 말이 떠올랐다. 젊은 날의 출세는 큰 불행의 시작이고, 어린 나이에 과거에 급제하면 아름다운 죽음을 얻지 못한다는 뜻이다.

한 신도는 어린 시절에 큰 성공과 명예를 얻었고 그 나이에는 만질 수 없는 수백억 원대의 재산을 굴리는 기업의 오너가 되었다. 일찍이 사업에 성공한 젊은 오너는 회사의 실적이 조금이라도 좋지 못하면 자신보다 경력이 많은 아버지뻘 직원들을 자신 앞에 무릎을 꿇리며 갑질했다. 원하는 것이 있으면 불법적인 로비를 해서라도 인맥을 만들려고 편법을 썼고 방해가 되는 사람은 사람을 써 폭력을 행사하는 악질 같은 만행을 저질렀다. 밤이 되면 술과 향락에 취해 있었으며 자신이 이 세상에서 가장 우월한 존재라고 착각하며 살았다. 주역에 '물극필반物極必反'이라는 말이 있다. 사물의 전개가 극에 달하면 반전한다는 뜻으로 상승이 있으면 하강이 있고 오르막이 있으면 반드시 내리막이 있다는 뜻이다. 평생 잘나갈 것 같은 사업이었지만 사람들의 배신으로 위기가 시작되었고, 폭행 피해자의 제보로 기업은 존폐 위기에 빠지게 되었다. 그가 나에게 도와달라고 찾아왔지만 그를 혼내거나 가르치지 않았다. 이미 사주에 자만이 가득하고 본인 잘난 맛에 자아도취가 된 사람이었기 때문이다.

"당신은 머리가 좋고 기획력이 뛰어난 사람입니다. 반지하에서 사업했을 때를 생각하고 초심으로 돌아간다면 재기할 수 있을 겁니다. 겸손을 마음에 새기고 낮은 자세로 사람을 대하십시오."

나의 말이 와닿지 않았는지 그는 들은 척도 안 하고 법당을 나섰고, 몇 년 후 그가 운영하던 회사는 다른 곳으로 넘어갔다. 결국 그는 횡령과 사기로 구속되었다. 초년에 큰 성공을 하면 시야가 좁아지고 내가 하는 건 뭐든지 잘될 것이라는 착각에 빠지기 쉽다. 또한 남들보다 밑바닥에서 고생한 시간이 상대적으로 적기 때문에 당연히 세상 경험이 적어 리스크를 감당할 만한 능력이 부족하다. 노력은 하지 않으면서 잘사는 사람들의 뒤를 쫓으며 부러워하고 자책하는 사람들이 있다. 부러워할 시간에 미래를 위해 자기 계발에 신경을 쓰는 것이 성공을 향한 현명한 방법이다.

지금 아무것도 없는 초라한 시기를 보내고 있다고 움

츠러들지 마라. 당신이 피눈물을 흘리며 고생하고 있는 나날, 잠을 자면서도 불안에 떨고 있는 이 순간, 하는 일마다 실패를 겪고 앞이 보이지 않아 이곳저곳을 헤매고 있는 지금. 이 모든 고통이 앞으로 당신에게 분명 큰 기회와 성공을 가져다줄 거라 장담한다. 그러니 지금 내가 조금 못 나간다고 기죽을 일도 아니고 조금 잘나간다고 건방 떨 일도 아니다. 인생은 순환이며 결국 나의 계절은 돌아오기 마련이다. 나에게 때가 왔을 때 지금까지 흘렸던 눈물이 나를 더 단단하게 성공시켜 주는 밑거름이 될 것이다. 그러니 초년 성공을 더는 부러워하지 마라.

신과 나눈 이야기

성공에 굶주렸던 사람에게 일생일대의 기회가 찾아왔다. 산신령이 그의 꿈에 나타나 말했다.

"너의 할머니가 살아생전 적선을 많이 하고 남에게 이로운 일을 많이 해서 너에게 선물을 해주려고 왔느니라. 금은 좋은 차와 큰 회사를 가지게 되어 수많은 돈이 너의 것이 되지만 항상 위태로울 것이고, 은은 작은 차를 소유하고 항상 기름값을 걱정해야 하지만 하루하루 보람된 일상에 행복할 것이다. 자, 이제 선택하거라! 금을 받겠느냐, 은을 받겠느냐. 네가 원하는 것을 주겠다!"

"죽어도 위태로워도 금을 주십시오! 죽는 한이 있더라도 부자로 죽고 싶습니다, 산신령님!"

그는 결국 금을 받았고 내 세상이 온 것처럼 인생이 달라졌다. 성공하니 만나는 사람이 달라졌고 신분이 달라진 것 같아 이 행복을 깨고 싶지 않았다.

"내가 언제 이렇게 살아보냐. 죽어도 예전으로 돌아가지는 않을 거야."

그는 이를 악물며 자신의 성공을 위해 물불 안 가렸고 욕망은 더 커져만 갔다. 인생에 시련은 분명 존재한다. 큰 실패를 경험해 보지 못한 그는 결국 작은 위기를 넘기지 못해 부도가 났고, 잘나갔던 때를 그리워하며 술독에 빠져 살다 결국 처참한 말년을 맞이하게 된다. 그가 은을 선택했다면 어땠을까. 경제적으로 풍요롭지는 않았겠지만 그래도 산신령이 주신 은으로 평생 일이 끊이지 않았을 것이고, 재벌의 삶은 아니었겠지만 고생해서 이룬 만큼 재물도 더 잘 지킬 수 있었을 것이다.

이 이야기는 동화 같지만 내가 오래전 계룡산에서 기도를 하면서 신령님과 문답을 통해 공부했던 내용이다. 신령님은 나에게 당장 이익이 되는 금이라고 좋아하지 말고 지금 값싼 은이라고 무시하지 말라는 깨달음을 주셨다. 손님을 대할 때 현재 그 사람의 성공과 부를 보지 말고 앞으로 10년 후를 바라보는 배움을 얻었다. 당신도 지금 금을 갖지 못했다고 한숨 쉬며 신세 한탄하지 말고, 상황이 어려운 지인을 외면해서도 안 된다. 당신은 금과 은 중에 어떤 선택을 하겠는가.

바꿀 수 없는 이승에서의 하루

시한부 판정을 받고 죽음을 기다리는 신도가 있었다. 그의 나이 46세였다. 이제야 세상이 알 만하고 재밌을 나이었다. 그는 창백한 얼굴로 딸과 법당을 찾았다.

"작년부터 바람이 불었겠군요. 꿈자리가 심란했을 텐데 어찌 몰랐습니까. 미련하였네요."

얼굴을 보면 그 사람의 명이 보인다. 병원에서는 암 말기라 수술보다는 하고 싶은 거 하며 편안하게 있는 것이 좋을 거라고 했다. 죽음을 예감한 듯 어떤 말도 받아들이겠다는 그에게 "제가 살려드리겠습니다. 3년만 더 살다

가십시오."라고 말했다. 사실 장담하지 못할 기도였다. 그의 명은 올해까지가 끝이라고 신은 말씀하셨지만 살려보고 싶은 마음에 사자굿을 해주었다.

"오래 살게 해주지는 못합니다. 다만 6개월은 너무 가혹합니다."

칠성님께 빌었으니 답이 있길 기다렸다.

그녀는 강원도 펜션에 요양하러 들어갔고, 통증은 있었지만 더 나빠지지는 않았다. 그렇게 3년이 지났고 완치는 안 되었지만 시골에서 텃밭을 가꾸며 살고 있다. 철마다 나에게 토마토와 옥수수를 보내고 겨울에는 고구마를 보내준다.

"법사님이 말한 올해가 3년째인데, 저 올해 죽을까요?"

"안 죽으니까 걱정 말고 정안수 떠놓고 아침저녁으로 기도하십시오."

이승에서의 하루는 돈과 바꿀 수 없다. 돌아가신 어머

니를 5분만이라도 만나서 안고 사랑한다고 말해주고 싶다는 한 신도의 말이 떠올랐다. 나는 죽은 자의 극락왕생을 기원하는 천도제를 지내며, 남아 있는 자손들에게는 다시 시작할 수 있는 용기와 기운을 주는 무속인이다. 죽은 다음에서야 돈 많이 들여 천도제를 지내 길을 닦아드릴 생각을 하지 말고, 살아생전에 부모님께서 한 맺히지 않게 최대한 잘해드려야 한다. 죽은 조상에게 잘하는 공덕도 크지만 그것과 바꿀 수 없는 것은 산 조상, 즉 부모에게 잘하는 것이다. 그 공덕이 나에게 큰 가피로 돌아온다는 것을 잊지 마라.

때만 알아도
큰 실패는 없다

운동하고 법당으로 돌아오는 길에 한강에서 불꽃놀이가 시작되었다. 화려한 불꽃들을 보면서 문득 생각에 잠겼다. 내 인생의 전성기는 언제일까. 육십갑자의 사주풀이와 신령님의 말씀을 전달하는 역술가인 나도 이런 생각을 한다.

한 신도는 어린 시절부터 영업을 시작했고, 사장들 밑에서 보좌하는 일을 했다. 때로는 그들에게 정강이를 발로 걷어차이는 수모도 겪었지만 그들을 통해 많은 인맥을 얻었다. 15년 후인 지금, 그는 코스닥에 상장된 기업의 사장이 되어 언론에 이름이 오르고 있다. 한 칸짜리 방에서 상담했던 시절에 그를 만났다. 그는 항상 어려움이 있었는데도 어린 무속인의 말을 흘려듣지 않고, 힘든 과정을 꿋꿋하게 버티면서 기도하고 노력했다.

종일 오너들의 수발을 들며 자존심이 상할 대로 상해 마음고생을 하던 그가 결국 기업의 사장이 되었다. 그를 무시했던 이들은 절대 상상하지 못했을 것이다. 나는 수만 명의 사람들의 사주를 감정했고 그들의 성패를 지켜봤다. 최고의 실력과 언변을 가졌지만 남들을 무시하는 태도를 버리지 못한 이는 하는 것마다 실패했고, 새 구두 한 켤레를 사지 못할 정도로 어려움이 계속되었다. 반면에 기본 자본은 없었지만 성실히 일하고 누구를 만남에 있어서 조언을 구하며 한 번 더 생각하는 기회를 가진 사람은 무엇이든 결국 성공을 거두었다.

노력만이 최우선은 아니다. '대운'은 분명히 있다. 그러나 노력이 없으면 운은 절대 따라주지 않는다. 운을 좋게 하려면 현재 내 위치에서 내가 하고 있는 일에 최선을 다해야 한다. 사주와 운수를 본다는 것은 내가 현재 나아갈 때인지, 물러설 때인지를 보기 위함이다. 점을 볼 때 거창한 답만 얻으려 하지 말고 '때'만 알아도 큰 실패는 없다.

작은 것을 좇다 기회를 놓친다

염일방일拈一放一. 하나를 얻으려면 하나를 놓아야 한다는 뜻이다. 중국 송나라 시절 사마광의 어릴 적 이야기다. 한 아이가 커다란 장독대에 빠져 허우적거리고 있을 때 어른들이 사다리와 밧줄을 가져오라고 요란을 떠는 동안 독에 빠진 아이는 숨이 넘어갈 지경이었다. 그때 꼬마였던 사마광이 옆에 있던 돌멩이로 독을 와장창 깨트려 아이를 살렸다. 어른들은 잔머리를 굴려 장독대값과 아이의 목숨을 저울질했던 것이다. 더 귀한 것을 얻으려면 덜 귀한 것은 버려야 한다. 머리를 굴리며 욕심을 부리다가는 가장 소중한 것을 잃을 수 있다. 살아감에 있어 정작 돌로 깨부숴야 할 것은 무엇인가.

한 신도의 자녀가 갑자기 학교를 안 가고 방황하기 시작했다. 평범한 공직자 가정의 착한 아들이었기에 부모는 아이의 방황을 이해할 수도, 용납할 수도 없어 불안한 마음에 법당을 찾았다. 아이 사주를 보니 18살에 학업 운이 끊기고 멀리 나가는 것이 보였다. 아이를 위해 부처님을 모시고 마음이 안정되게 칠성기도를 올려주라고 했지만, 어머니는 돈도 아깝고 이런 것에 의지하고 싶지 않다며 아이를 위해 초를 켜지 않았다. 그렇게 시간이 지나고 얼마 후 부모로부터 상담을 해달라는 문자가 왔다. 아이는 결국 자퇴했으며 학교폭력에 가담해 재판을 받고 있다고 했다.

돈과 자식은 바꿀 수 없다. 아무리 힘들어서 찾아와도 두 가지를 놓지 못하는 사람은 두 눈에서 욕망이 표출된다. 그런 사람에겐 내가 할 도리만 하면 된다. 굳이 복까지 입에 넣어줄 수는 없는 일이다.

설마 하는 마음 버리기

"아이가 죽으려고 하네요."

순간 내 눈에 베란다에서 밑을 바라보고 있는 아이의 모습이 스쳐 지나갔다. 그는 학교생활을 성실히 하는 모범생이었고, 조카를 잘 돌보는 매우 착하고 예쁜 딸이었다. 그러나 아이는 대학 입시에 실패하면서 상처를 받아 매일 방 안에서 울기만 한다고 했다. 대기실에서 기다리고 있는 아이에게 잠깐 들어와 보라고 했다. 사람이 살면서 어찌 바르고 곧은 길만 걸을 수 있겠는가.

"너는 지금 살고 싶지가 않구나? 매일 죽을 생각만 하고 있지? 죽을 것 같은 고통의 순간도 결국 지나가기 마련이야."

내 말을 듣자마자 아이는 갑자기 울음을 터트렸다. 아이의 눈물에 당황한 어머니는 딸의 손을 잡고 어쩔 줄 몰라 했다. 배려심이 많고 철이 일찍 든 아이일수록 아무런 예고 없이 사고를 저지를 확률이 높다. 착했던 아이가 방황하고 갑자기 변했을 때 부모가 심각성을 감지 못하고 방관하면 큰일이 벌어진다.

가장 힘든 기도는 돌아가신 부모를 모시는 조상천도가 아니다. 자식이 먼저 죽어 그 길을 닦는 굿이 가장 슬프고 힘든 일이다. 큰일이 일어나기 전에 설마 하는 마음을 버리고 아이에게 신경을 써준다면 위기의 순간은 충분히 넘길 수 있다.

커피를 좋아하는 영혼

나는 많은 영가靈駕를 만나 조상의 한을 풀고, 살아 있는 가족들과 쌓인 오해를 푸는 일을 한다. 죽은 자는 극락의 길로, 산자는 이승에서 더 열심히 살아가도록 힘을 주는 일을 하고 있다. 가족을 잃은 슬픔은 어떤 말로도 위로가 될 수 없다. 특히 아이가 먼저 떠났을 경우에 가족이 받는 충격과 절망, 자식을 지켜주지 못했다는 죄책감은 엄청나다. 부모가 죽으면 따라 죽는 자식보다 자식이 눈을 감으면 우울증에 시달리다 죽는 부모가 훨씬 많을 정도로 자식은 무엇과도 바꿀 수 없는 소중한 존재다.

억울한 사고로 소중한 아이가 이승에서의 삶을 마감했다.

"법사님을 꼭 만나고 싶었습니다. 우리 딸의 천도제를 법사님이 지내주시면 좋겠습니다. 잘 부탁드립니다."

어머니의 등 뒤에서 슬피 우는 딸의 모습이 보였다.

"어머님, 따님에게 5년 사귄 남자친구가 있었죠?"

"네, 맞습니다. 어떻게 아셨어요?"

딸이 엄마를 따라와서 나에게 말을 걸었다.

"제가 사실 남자친구가 있었어요. 그걸 저희 엄마에게 말하면 아실 거예요."

그의 사주를 보니 집안에 상문살丧门煞이 아직 나가지 않아 잘못하면 집안에 또 상문이 들어올 것으로 보였다. 사람들은 그저 안타깝고 불쌍한 마음에 천도제를 올린다고 생각하지만 그 이상의 의미가 있다. 더 이상 이런 일이 일어나지 않게 막아주고, 어떤 이유 때문에 일어났는지를 영안으로 찾아 풀어내야 더 이상 집안에 우환이 일어나지 않는다. 우리가 절에 가서 천도제 혹은 굿을 하고 나서도 마음이 불편한 경우에 신명이 있는 사람은 안정감을 느끼지 못하고 영혼의 신호에 따라 나를 다시 찾아온다.

딸이 목이 터져라 외쳤다. "엄마, 왜 이제 왔어! 얼마나 무서웠는데." 망자가 내 몸에 들어와 엄마를 끌어안고 얼굴을 비비며 한을 토해내기 시작했다. 살아생전에도 착했던 딸은 죽어서도 엄마를 걱정하며 진정시키려 했다. 그 모습을 보니 가슴이 더 저려왔다. 딸은 엄마가 혼자 살아갈 수 있을지 걱정하며 서운하고 힘들었던 것들을 다 말했다. 나는 영혼이 하는 말을 전달하며 가족에게 직접 확인시키고 물어봤다.

"엄마, 나 수술하고 나면 제주도 가기로 했던 거 기억나? 우리 바다 가기로 했잖아."

엄마는 우리 딸이 왔다면서 나를 안고 다시 울기 시작했다. 끝내 가지 못했던 여행. 엄마와 할머니를 사랑했던 착하고 귀여운 딸이었다.

천도제를 지내기 전날부터 아이는 이미 내 몸에 들어와 있었다. 그날 저녁 나는 운동도, 산에도 가지 않고 알 수 없는 행동들을 했다. 화장품 가게에 가서 립스틱을 사고 인형 가게에서 그 당시 가장 인기 있는 펭귄 인형을 사서 가방에 넣었다. 법당에 와서는 밥을 먹기가 싫어 피자를 시켜 한 판이나 먹고, 잠들기 전엔 편의점에 가서 빼빼로와 맥주, 커피를 잔뜩 사서 차 트렁크에 미리 실어 놓았다.

"세상에, 법사님. 우리 딸이 살아 있을 때 다 좋아했던 겁니다. 맥주도 이것을 좋아했어요."

딸은 커피를 따서 한 모금 마시면서 엄마에게 고백한다.

"엄마, 나 사실 돈 아끼려고 이거 먹고 싶었는데 안 먹었었어. 근데 오늘은 이거 먹고 갈래."

딸은 내 입을 빌려 목을 적시더니 커피를 바로 엄마 입에 갖다 댄다.

"엄마도 먹어봐. 진짜 맛있어."

미소가 돌아온 딸의 모습을 안타깝게 바라보는 엄마

의 눈망울이 마음을 울렸다. 딸에게 오늘은 나를 법사라 칭하지 말고 편하게 부르라고 했다.

"나한테 다 털어놔도 돼. 가는 길 무섭지 않게 불을 밝혀줄 거야. 정말이야. 약속할게. 걱정하지 마."

아이를 달래며 무섭지 않게 자리로 인도했다. 죽은 자에게도 소망은 있는 법이다. 딸을 잘 보내주고 엄마에게 정신을 똑바로 차리라고 말했다.

"변호사 선임해서 몇 년이 걸려도 딸의 억울함을 꼭 풀어주셔야 합니다."

"알겠습니다, 법사님. 꼭 그렇게 할게요."

자식을 잃은 부모는 그 상처가 너무 커 형언할 말이 없다고 할 정도로 부모는 죽은 자식을 지켜주지 못했다는 죄책감에 시달리며 평생을 슬퍼한다. 나는 영가의 한을 풀어주는 것뿐만 아니라 부모나 가족이 뒤따라가는 것을 막아야 할 의무도 있다. 이런 의무를 가볍게 생각하고 얕은 영성으로 천도제를 올리면서 그 집안의 조상을 더 뒤집어 놓는 사람들이 있어 문제다.

영혼의 신호는 바로 끌림과 불안이다. 집안에 어떤 일이 생길 때는 묘한 불안감을 느끼게 되는데, 설마 하는 생각에 덮어둔 것이 큰 사고로 이어진다. 무속인이나 역술가를 마주한 후 계속 생각이 나고 끌림이 있다면 그 선생은 당신의 집안에 우환을 막아줄 귀인이 될 수도 있다는 징조다. 오늘도 어머님이 힘을 낼 수 있게 초를 켜며 먼저 떠난 이들의 안녕을 기원한다.

떠나보낼 수 있는 용기

수많은 사람을 만났지만 특히 사랑과 이별에 아파하고 신음하는 이들을 많이 만났다. 헤어진 사람과의 인연법을 알기 위해 찾아오는 사람도 적지 않았다. 심지어 재회 컨설팅을 전문으로 하는 회사까지 등장했으니 이별로 아파하는 사람들이 그만큼 많다는 뜻이리라. 그들의 가슴 아픈 사연을 들으며 엉켜 있던 실타래를 풀다 보면 해답이 나와 재회를 하는 경우도 있고, 인연의 끈이 너무 엉켜 있어 때로는 그 관계를 칼로 잘라버려야 하는 상황도 있다.

한 신도는 답답한 마음에 큰돈을 들여 재회 컨설팅 업체에 가서 상담도 받아봤지만 달라지는 것은 아무것도 없었다. 나는 그에게 상대와 인연이 끝났으니 더 이상 미련 갖지 말고 떠나보내라고 조언했다. 좋은 방법이 있지 않을까 해서 나를 찾아왔지만 인연이 끝났다는 나의 말에 그는 허탈해했고 좋지 않은 표정으로 법당 문을 나섰다.

재회는 헤어진 연인을 만나 다시 사랑을 이루는 것이다. 다시 만날 방법을 찾아 여기저기 헤매다 시간과 감정만 낭비하고 수렁에 빠지는 모습을 많이 봤다. 재회에서 가장 중요한 것은 노력보다 '인연법'에 있다. 사람과의 만남에는 인연법이라는 것이 존재하는데, 인연이 끝나 있으면 아무리 심리적인 방법을 써서 노력해도 절대 다시 만날 수 없다. 이별의 아픔을 겪고 오는 사람들을 보면 상대방이 아직도 그를 사랑하는지 아니면 사랑이 식었는지에 대한 점사가 나온다.

"그는 더 이상 당신을 사랑하지 않습니다. 힘들겠지만 다른 사람을 만나십시오."

이 말에 상처받은 자들은 자기를 다시 한번 죽이는 일이라며 눈에 불을 켜고 방법을 찾아달라고 억지를 부린다. 그래서 몇 년 전부터 재회에 관한 상담을 잠정 중단했다. 어떤 희망이라도 찾고 싶어 온 그들에게 희망 고문을 하고 싶지 않았다. 나는 사람 마음을 가지고 장난치고 안 되는 인연에 억지로 희망을 줘서 만신창이가 되는 것을 원하지 않는다. 세월이 지나고 그중 한 분에게 메일이 왔다.

"법사님, 그때는 죽을 것처럼 힘들어서 무례하게 행동한 것 같아 부끄럽고 죄송합니다. 법사님 말이 믿기지 않아 여러 무속인에게 찾아가 기도도 해보고 재회 컨설팅도 해봤지만 결국 그는 다른 사람과 결혼하더군요. 그때 왜 법사님 이야기를 듣지 않았나 하는 생각에 많은 후회와 반성을 했습니다. 저도 지금은 좋은 사람을 만나 결혼을 전제로 만나고 있습니다. 저 너무 바보 같죠? 그때 법사님 말을 들었으면 이렇게 일을 크게 만들지도 않았을 텐데요."

"아뇨, 절대 바보 같지 않습니다. 잘하셨습니다. 그렇게 사랑하고 보고 싶을 때는 상대에게 피해가 가지 않는 선에서 끝까지 가보는 것도 방법입니다. 이제 그 끝을 봤으니 잊을 수 있고 새 출발도 할 수 있는 겁니다. 사랑 앞에서 자존심 부리는 게 더 바보 같은 행동입니다. 미친 듯이 사랑도 해보고 싸워도 보고 헤어지면서 해볼 수 있는 건 다 해봐야 합니다. 큰 아픔을 겪었지만 그때보다 더 단단해져서 이번 사랑은 꼭 지킬 수 있을 겁니다."

이별도 노력과 연습이 필요하다. 시작은 힘들겠지만 하나씩 정리하다 보면 어느덧 상대와 내가 분리된 것을 느낄 수 있다. 내 마음 한편에 아직 보내지 못하고 자리 잡고 있는 사람이 있다면 과감하게 떠나보낼 용기가 필요하다.

말년에 행복해지는 법

사람은 누구나 말년에 잘 살고 싶어 한다. 편안한 노후를 보내며 자식들 걱정 없이 풍족하게 살길 바라지만 현실은 그렇게 달콤하지 않다. 한국 사회는 이미 고령화로 접어들었고 매년 노인 인구는 늘고 있다. 그만큼 평균 수명도 늘었다. 50대 중년들을 상담하면서 발견한 공통점이 한 가지 있다. 잘 살고 싶은 마음이 가득해도 현실적으로 새로운 일을 배우는 것에 엄청난 두려움을 갖고 있다는 것이다. 핸드폰 하나로 모든 것을 다 할 수 있는 최첨단 시대에 들어오면서 중년들은 젊은이들의 머리와

순발력을 따라갈 수 없으니 스스로를 한계에 가두고 자책하며 미래를 지레 겁먹고 포기하려 한다.

하지만 이것은 큰 오산이다. 타고난 팔자와 재물은 있으나, 아무리 재물복이 많아도 현실적으로 노력하지 않는다면 팔자에 지닌 재물과 성공을 결코 차지하지 못한다. 중년에게는 시대 경험이 적은 젊은이들이 넘을 수 없는 장점이 많다. 세상을 살아온 경험으로부터 얻은 지혜와 통찰력이 있고, 수많은 역경으로 사람을 알아보는 직관력도 있다. 젊은 혈기에 별것 아닌 일에 싸우려 들지도 않고 대화와 타협으로 문제를 해결하려고 한다.

어머니와 아들이 공동으로 칼국수 가게를 창업했지만 의견 차이로 매일 싸웠고, 아들은 결국 어머니에게 더 이상 가게에 나오지 말라고 통보했다. 고민을 안고 나에게 찾아온 아들의 인상을 보니 불만이 가득했다. 말투 또한 호감형이 아니었기에 장밋빛 희망을 이야기해 줄 수는 없었다. 반대로 어머니의 사주를 보니 나이는 70세였지만 인품이 좋고 사주에 식상이 있어 무엇을 하더라도 베

푸는 마음이 커서 오히려 어머니가 식당을 운영하면 대박 날 모습이 보였다.

"이 가게에서 나갈 사람은 당신입니다. 당장 어머니를 모셔오지 않으면 식당은 망하게 될 것입니다."

혼자서도 잘 꾸려갈 수 있다는 말을 듣고 싶어 찾아온 그는 실망 가득한 표정으로 법당을 나갔다. 1년 후 그는 어머니와 함께 나를 다시 찾아왔다. 아들과 어머니의 표정은 한껏 들떠보였다.

"법사님, 혹시 방송 보셨어요? 저희 가게가 방송에 나와서 대박이 났어요!"

방송을 다시 보니 어머니가 직접 김치를 담그는 모습과 칼국수에 갖가지 해물을 아낌없이 넣어주고 무한 리필까지 해주는 모습이 방송에 나가 전국에서 손님이 몰려 줄을 서는 것이었다. 아들은 나와 상담 후 어머니에게 마음을 고쳤다고 말씀드렸고 전부터 나의 유튜브를 보고 있던 어머니는 반가운 마음에 감사 인사를 하고 싶어 찾아온 것이었다.

이처럼 젊다고 모든 것을 잘할 수 있는 것은 아니다. 나이의 한계에 갇혀 모든 것을 단정 짓거나 시작도 하지 않고 포기하지 말자. 돈이 전부는 아니지만 여유가 있다면 없는 것보다는 윤택하게 살 수는 있다. 그러나 돈만 있다 해서 행복하지만은 않다. 그럼 우리는 어디에서 행복을 찾아야 할까? 일에 대한 가치에서 행복감을 찾아야 한다. 나도 사람들 속에서 열심히 일하고 인정받으니, 일로부터 나오는 자신감이 삶의 만족으로 변하게 되고 결국 말년에 안정적이고 행복할 거라는 좋은 기운을 가지게 되었다.

늙지 않는 사람은 없다. 나도 늙고 당신도 늙고 세상에 존재하는 것은 모두 나이 들기 마련이다. 항상 할 수 있다는 패기와 뭐든 해낼 수 있다는 일념으로 다시 한번 도전해 보자. 당신의 말년을 응원한다.

운명이 변하는 계절

농사를 짓는 사람들은 씨앗을 골라내고 파종을 시작하면서 봄 맞을 준비를 일찌감치 한다. 한겨울부터 봄에 심을 씨앗을 고르는 농부의 부지런함에서 삶의 지혜를 찾을 수 있다. 시간이 흐른다고 일이 저절로 진행되는 것은 아니기에 때를 맞이하기 위해서는 끊임없이 준비하고 노력해야 한다. 천재지변으로 농사를 망쳤다고 한들 고생한 경험은 어디 가지 않으며 미리 철저하게 준비한 농부는 결국 풍작을 거둔다.

한 신도의 아들 이야기다. 그는 친구들과 함께 새로운 작물을 재배하기 위해 귀농했지만 계획대로만 되지 않았다. 억대 연봉의 꿈을 갖고 야심차게 시골로 들어왔지만 잘되지 않자 불안을 견디지 못한 친구들은 다시 도시로 떠나 장사를 시작했다. 세 명의 친구가 모두 떠났지만 그는 끝까지 해보겠다는 신념 하나로 흙이 잔뜩 묻은 바지를 입고 다니며 동네 어르신들에게 농사를 배웠다. 아버지와 형제들은 대학까지 나온 놈이 뭐하냐며 못마땅해했다. 그런 와중에 2천만 원이 필요해 집에 도움을 요청했다. 신도는 아들이 속을 썩이고 미친 짓을 한다며 제발 정신차리고 돌아오게 해달라고 하소연했지만 나는 아들을 믿고 지켜보라고 했다. 여유가 된다면 아들을 위해 투자해 주라고 했지만 부모는 결국 아들의 부탁도, 내 말도 듣지 않았다. 아들은 결국 친구들에게 돈을 빌려 마지막 농사를 지었고, 결국 그해 풍작을 맞이했다. 게다가 젊은 농부라는 타이틀로 방송까지 나가 좋은 가격에 작물을 팔 수 있었다. 반면 포기하고 도심으로 떠나 장사를 시작한 친구들은 경제 위기에 의해 문을 닫았다.

운명의 순간은 찰나이다. 부모도 친구도 당신의 선택을 인정하지 않을 때가 있을 것이다. 나 또한 사무치는 불안과 외로움에 싸웠고, 나 자신만 믿고 버텨온 세월이었다. 부모가 인정해 주지 않는 삶처럼 불안하고 가슴 아픈 일은 없다. 사람들은 투자가 위험하다고 하지만 사실 인생에 위험은 항상 존재한다. 인생의 암흑기를 겨울의 언 땅으로 비유하는 이유는 고통 속에서 새로운 희망이 싹트고 있다는 것을 알라는 뜻이다. 계절이 바뀌면 운의 흐름이 변하고 조상님의 움직임 또한 시작된다. 봄은 이 겨울을 어떻게 인내하며 노력했는지, 업장을 얼마나 씻어내고 기도했는지에 대한 결과물이 나오는 때이기도 하다.

봄에는 역동적으로 노력하고, 여름에는 내 인생이 탈 것처럼 불태우고, 가을에는 노력의 결실을 맺고, 겨울에는 내년을 살기 위해 고갈된 기운을 충전하며 실력을 갈고닦아야 한다. 이번 한 해는 코로나19로 한겨울의 얼음처럼 우리 마음도 경제도 모든 것이 굳어버렸다. 하지만 움츠러들고만 있을 수는 없다. 이제 내가 갈고닦은 실력을 세상에 보여줄 때가 왔다. 설령 올해 날개를 펼치지 못했다고 자책할 필요 없다. 몇 년을 갈고닦은 실력은 한철을 준비한 자와 비교가 되지 않는다. 지금 상황이 힘들다고 누구를 원망하지 말고, 다시 시작한다는 마음으로 일어서자.

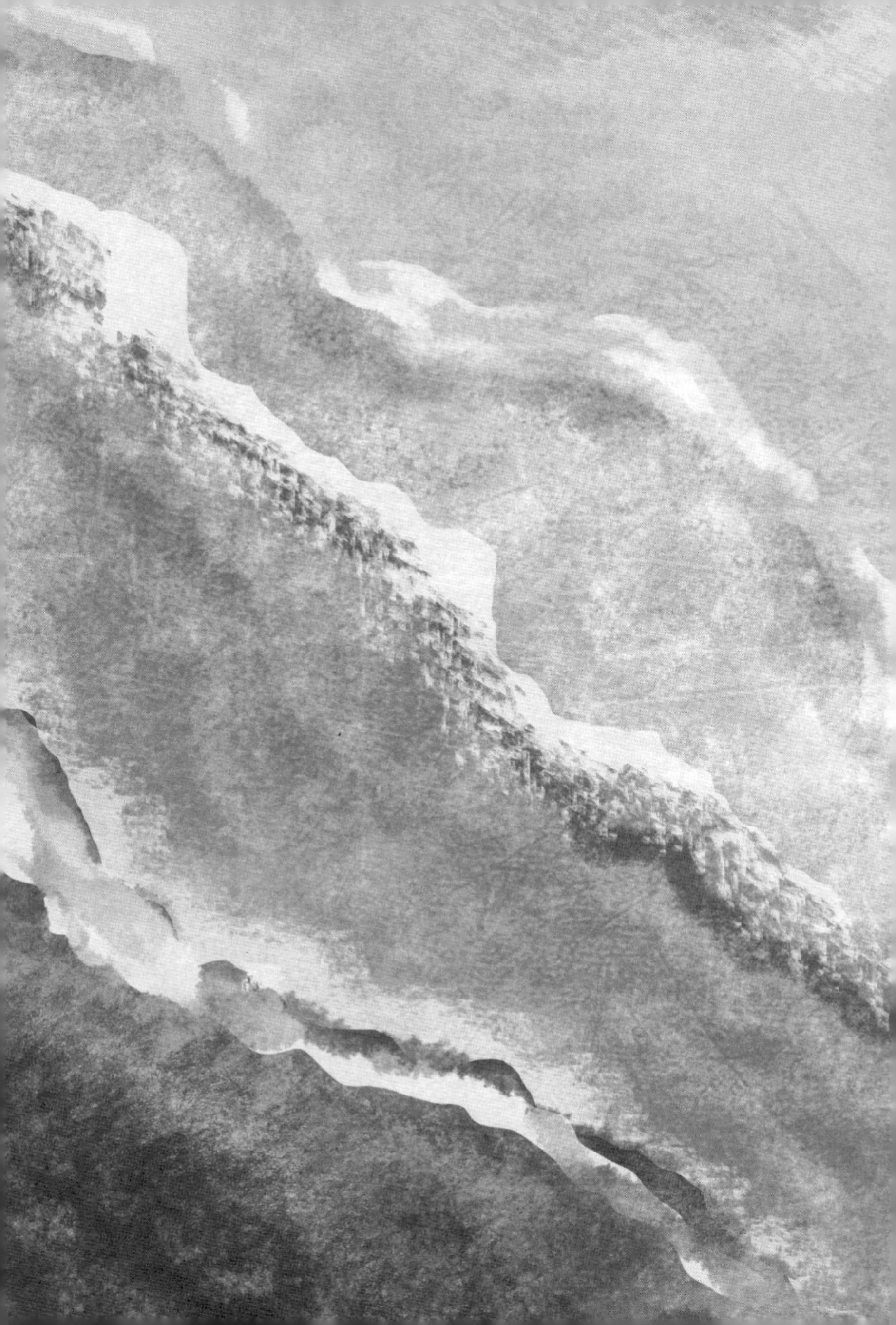

3

당신의
꽃은
반드시 핀다

잘 지내시죠?

보름달을 보니 시간이 너무 빠르게 지나감을 느낀다.
나는 그 자리 그대로 있는데 세월은 계속 흐른다.

오래전에 썼던 글들을 보며 나 자신과의 약속을 열심히 지켰던 한 해 같아 기분이 좋다. 가는 세월을 붙잡을 수는 없지만 나뭇잎이 모두 떨어진 앙상한 나무를 보니 삶의 무상함을 느낀다.

흰머리가 늘어도 주름이 늘어도 괜찮다.

모두 열심히 살아온 우리에게 주는 인생의 훈장이다.

나무는 그 자리에서 알게 모르게 점점 자란다.
우리의 인생도 가지가 기둥을 뚫고 나오는 고통을 겪어야겠지만, 상처는 결국 굳은 마디가 되어 나를 지탱할 힘이 된다.

불어오는 바람에도 기운은 있다

마음 놓고 쉬자는 다짐으로 추석 연휴에 시골집으로 향했다. 귀여운 조카를 보고 있자니 예쁘면서도 답답한 생각이 들었다. “우리 대둔산이나 갑시다.” 급하게 차를 타고 한 살짜리 조카와 대둔산 태고사로 향했다. 태고사는 엄청나게 높은 곳에 자리하고 있다. 주차장에 차를 세우고 걸어가려고 하니 조카가 너무 어려 형수를 밑에 두고 홀로 태고사로 향했다.

오르막이 심해도 몸으로 느껴지는 산신의 기운과 명기가 오감을 통해 느껴져 기분이 좋았다. 이놈의 직업병이 또 도졌다. 하루를 못 쉬고 그새 절을 찾고 기도를 하러 들어오다니, 참 극성이라는 생각이 들었다. 사람들한테 내려놔야 산다, 비워야 산다고 그렇게 강조하면서도 나는 정작 내려놓지 못하고 있다는 사실에 웃음이 났다.

원효대사는 태고사를 향해 "도인이 평생 끊이지 않을 곳"이라고 예언했다. 마음을 비우고 바람이나 쐬러 온 태고사에서 엄청난 기운을 받고 3시간에 가까운 기도를 드렸다. 사람은 누구나 하늘의 기운에서 벗어날 수 없으며 각자의 삶엔 흥망성쇠가 있다. 흥은 더 크게, 망은 최대한 작게 맞으려고 조상님과 신령님을 찾아 낮은 자세로 기도드리는 것이다.

올 초 계룡산에서 기도를 드리니 신령님은 "도사가 되는 해이니라."라는 짧은 예언을 해주셨고, 올해 정말 놀라운 일이 많이 일어났다. 특히 마음의 병을 앓고 정신적으로 방황하는 아이들이 신령님의 원력으로 호전되었다. 정신병이 있으면서도 병원에 가지 않으려고 눈에 불을 켜고 난리 치는 아이도 귀신바람을 잠재우고 2주 만에 병원에 갈 수 있었다. 아이와 집안의 꺼져가는 운기를 살리고 사주팔자를 바꾼다는 것은 절대 쉬운 일이 아니다. 억겁의 세월 속에 지금의 업장을 받아 살고 있는 운명을 바꾸기 위해서는 많은 기도와 실질적인 노력, 그리고 간절한 믿음이 필요하다.

아무리 과학이 발전하고 스마트폰 하나로 모든 것을 주문하는 시대라 해도 '운' 앞에서는 절대 자유로울 수 없다. 태고사에서 기도를 마치니 산신령께서 조용히 말씀하셨다.

"곧장 서울로 올라가거라. 살려야 할 사람이 많으니라."

기운을 줄 테니 이것으로 지치고 힘든 사람들을 살려내라는 신령님의 깊은 뜻이었다. 부처의 제자가 되었으면 모든 중생을 구제해야 하는 것 아니냐고 말하는 사람들이 있다. 천만의 말씀이다. 얄팍한 믿음으로 운명을 쉽게 생각하는 사람들에게는 신령님이 주신 소중한 능력을 절대 쓰고 싶지 않다. 세상에는 겉과 속이 다른 사람들이 의외로 많다. 나는 법정스님의 함부로 인연을 맺지 말라는 말씀을 인생의 교훈으로 생각한다. 누가 뭐라고 해도 내 원칙대로 소신대로 인연을 맺을 것이며, 냉철하고 영검한 상담으로 내담자를 안정시키고 기도로 살려낼 것이다. 기운은 무한대로 나오지 않는다. 나도 마찬가지다. 그래서 올해부터 하루에 세 명 이상은 상담하지 않겠다는 원칙을 세웠다. 한정된 기운을 골고루 나눠주고 꼭 필요한 사람을 도와줄 것이다.

산에 올라 가을 하늘을 바라보며 불어오는 바람을 맞았다. 거친 바람에 눈물이 찔끔 났다. 불어오는 바람에도 기운은 있으므로 우울한 기운이 들면 집에만 있지 말고 어디든 나가야 한다. 절에 가지 않아도 좋다. 낮이 좋으면 태양과 바람을 찾아 바람의 기운을 느끼고, 밤이 좋으면 보름달이 뜬 날에 달을 보며 걷는 것도 운기를 살리는 방법이다.

내가 지금 괴로운 건 욕심 때문이다

상황이 그렇게 만들었다. 열심히 하지 않으면 인생이 망가질 거라고 스스로 채찍질하며 궁지로 몰아넣었다. 모든 것을 포기하고 무속인이 되었기에 내가 한 선택에 책임을 져야만 했다. 나도 남들처럼 여행도 다니고 놀고 싶었지만 나는 그러면 안 되는 사람이라고 스스로를 엄격하게 대하며 작은 휴식조차 허용하지 않았다.

대통령 당선 예언과 연예인들의 사건들에 관한 예언이 적중하자 여러 방송에서 섭외 문의가 왔고, tvN 〈화성인 바이러스〉와 SBS 〈스타킹〉에 출연해 유명세를 얻기 시작했다. 방송에 나가자 전국에서 상담 요청이 몰려들었고 상담과 기도에 파묻혀 나라는 사람은 소멸할 정도로 일만 하다 결국 번아웃이 왔다. 손님을 마주하며 상담해도 행복하지 않았고 꼭 죽을 것만 같은 생각에 도저히 일을 할 수가 없었다. 모든 걸 내려놓고 다시 산으로 들어가고 싶다고 주변에 말했지만 지금 이렇게 유명해져서 부와 명예가 코앞에 다가왔는데 산에 들어가는 것은 미친 짓이라며 반대했다.

엄청난 갈등이 닥쳤다. 사회적 편견과 부정적인 시선으로부터 인정받고 싶어 노력했고, 결국 꿈을 이뤘지만 행복하지는 않았다. 많은 고민 끝에 전국 사찰을 돌면서 나만의 시간을 가졌고 오묘한 불법佛法의 매력에 빠졌다. 우연한 소개로 한 스님을 만나게 되면서 불법을 공부하고 '참나(진짜 나)'를 찾는 시간을 가졌다. 그리고 부처님을 모시고 자비공덕을 행하겠다는 서원誓願을 세웠다. 스님께 수계受戒를 받으며 폭포수 같은 눈물이 터져나왔다.

그동안 나는 무엇을 위해 살았을까 하는 회의를 느꼈고, 모든 것이 허망하다는 생각에 마음이 아팠다.

그렇게 1년 넘게 상담을 쉬면서 나만의 시간을 가졌고, 드디어 법당에 삼불존 부처님을 모시게 되었다. 돈과 명예에 집착해 일을 포기하지 않고 가면을 쓴 채 억지로 계속 일했더라면 정신은 더 망가졌을 뿐만 아니라 대자대비한 불법도 만나지 못했을 것이다.

적게 버리면 적게 얻는 소사소득小捨小得, 큰 것은 버리면 큰 것을 얻는다는 대사대득大捨大得의 이치를 깨닫게 된 경험이었다. 인간의 욕망은 뱀과 같아서 절대 두 마리 토끼를 놓치려고 하지 않는다. 고생 끝에 부와 명예를 얻은 사람은 과거의 가난하고 무시받았던 시절로 죽어도 돌아가기 싫어서 수단과 방법을 가리지 않고 지금의 자리를 지키려고 한다. 내가 괴로웠던 이유도 부와 명예를 다 가지려는 욕심 때문에 하루도 마음이 편하지 않아 행복을 느낄 수 없었던 것이다.

과거의 나는 때 묻지 않은 순수한 영혼이었지만 상담하면서 점점 인간고와 세파에 지쳐 영혼이 찌들어가고 있었다. 신성한 신을 모시는 종교인으로서 지쳐가는 내 모습에 양심의 가책을 느꼈고 많이 실망했다. 다시 기운을 내서 부처님을 모시면서 몇 년 동안 잔잔한 일상을 보내다 또 기회가 찾아왔다. 바로 MBN 〈엄지의 제왕〉 출연 제의였다. 방송 출연 후 또 다시 불통이 될 정도로 전국에서 수백 통의 전화가 걸려왔고, 무작정 찾아오는 사람들로 인해 온전한 상담을 할 수 없을 정도가 되었다. 유명해져도 행복하다는 생각이 들지 않고 관심 자체가 부담스럽고 벗어나고 싶다는 생각이 다시 간절해졌다. 또 사람들을 피해 도망갈 것인가, 마음은 즐겁지 않지만 억지로 꾹 참으면서 사람들에게 도움을 줘야 하는 것인가 고민하며 큰 갈등에 빠졌다.

나는 아무래도 팔자에 명예는 없는 것 같다. 남들이 부러워할 만한 공신력이 있는 방송에 나갈 기회가 많았음에도 불구하고 내 마음은 이미 다른 도피처를 찾고 있었다.

'너 지금 행복하니?'

스스로에게 수십 번 물어봤지만 결국 나오는 대답은 '힘들어. 욕심 부리지 말고 마음에 솔직하게 행하자'라는 답이었다.

손해만 보는 관계는 없다

나는 사람에게 얽매이지 않고 손님에 욕심을 부리지 않는다. 많은 사람이 상담을 원하지만 육신과 정신은 하나이기에 모든 중생을 구제할 수는 없다. 공수를 전하는 일인지라 냉철하고 차갑다는 말을 듣는다. 그러나 시간이 지나고 보면 그 안에 위로가 있고 해답이 있다. 내담자가 처한 현실과 사연에 이끌려 이성보다 감정이 앞선다면 제대로 된 처방을 내려줄 수 없다.

항상 이익만 보고 살 수 없다. 열 명에게 쏟을 기운을 한 사람에 쏟다 보니 지치고 힘들 때도 있고, 다시는 이런 기도는 받지 말아야지 하는 생각이 들 때도 있지만 내담자의 억울함을 해결하면 내가 한을 푼 것처럼 덩달아 신이 난다. 어려운 사람을 도와줄 때 그 사람으로 인해 아까운 시간을 허비한다고 생각하지 말고 그 일의 가치를 찾아보는 건 어떨까? 가치 있는 일은 시간이 지나고 나면 더 큰 복으로 돌아온다. 어떤 이들은 나를 바보같이 거절도 못하고 맨날 손해만 본다고 말하지만, 사람이 한평생 도움만 주며 살 수는 없다. 베풀면 나중에 내가 정말 힘든 시기에 마른 목을 축여줄 생명수와 같은 귀인은 분명 나타난다.

다음 해는 어떤 스펙터클한 사연들이 나를 찾아올지, 신령님이 나에게 어떤 인연을 보낼지 궁금하고 기대된다. 세상에는 말로 설명할 수 없는 일들이 많다. 기적을 바라는 일을 무모한 짓이라고 생각하는 사람도 있지만 절대 안 되는 일이란 없고 100퍼센트 되는 일도 없다. 결과를 보기도 전에 한쪽으로만 장담한다면 큰코다칠 것이다. 지금 당장 죽을 것 같아도 한 줄기 희망으로 버텨 낸다면 분명히 살 수 있는 길은 존재한다.

참 감사한 일이다. 타인에게 항상 기운을 줘야 하는 직업이라고만 생각해서 마음이 지칠 때도 있지만 나에게 힘이 된다는 감사의 말을 들으면 나도 누군가에게 분명 힘을 받고 있다는 강한 확신이 든다. 인생에서 손해만 보는 관계는 없다. 사람 때문에 지치지만 사람 속에 행복이 있다는 것을 깨달아야 한다.

타인의 시선 때문에 힘든 당신에게

올해도 다양한 사연을 가진 신도들을 만났다. 어디 가서 말할 수 없는 사연들을 풀어가느라 같이 울고 웃으며 지내다 보니 어느덧 1년이 훌쩍 지났다. 사업에 실패해서 금전적으로 어려워도, 피치 못할 사정으로 가정을 지키지 못하고 이혼하더라도, 자식이 속 썩여서 근심이 가득해도 절대 실패한 인생이 아니다. 어떠한 상황에서도 누구나 존중받아야 할 권리가 있다. 그런데 몇 번의 좌절로 인해 자존감이 낮아져 스스로를 못나고 무능력한 사람이라고 생각하는 이들이 많다.

스스로를 귀하게 여기지 않으면 타인도 나를 귀하게 여기지 않는다. 나의 이번 연도 계획은 '나를 돌아보고 조급하게 가지 말자'였다. 학창시절에 학교를 그만두고 신령님을 모시는 길을 선택했을 때 엄청나게 큰 용기가 필요했다. 하지만 나는 신의 존재를 확인했고, 영능력자가 되어야겠다는 확신이 있었기에 물러설 수 없었다. 당시 내가 배우의 꿈을 포기하고 신을 모신다는 소식에 주위 사람들은 제정신이 아니라며 혀를 찼다.

"그 집 아들한테 신이 왔대."

"학교도 그만뒀다잖아. 어떻게 하려고 그래."

남의 말을 좋아하는 사람들의 손가락질이 시작되었다. 비참하기도 했지만 견딜 만했다. 나에게는 사랑하는 신령님과 몇 분 안 되지만 나를 믿고 따라오는 신도님 세 분이 계셨기 때문이다. 당시에도 내 직업이 좋았다. 토속신앙인 산신과 천지신명을 모시고 운명의 고통 속에 빠져 있는 사람들을 상담하며 큰 만족감을 느꼈다. 20여 년이 지난 지금, 그들이 정한 행복의 잣대가 틀렸다는 것을 결과로 입증했다.

사람들의 시선과 사회의 기준대로 살면 내 꿈을 펼칠 수 없고 한없이 불행해진다. 공부도 안 하고 속 썩이던 아이가 창업해서 몇십억을 버는 것도 봤고 명문대에 다니며 걱정할 것 없이 잘 지내던 아이가 사회생활에 적응하지 못해 사회와 담을 쌓고 방 안에서만 생활하는 것도 봤다. 장애를 가졌지만 대학교 동아리 대표를 맡으면서 삶을 주체적으로 살아낸 이도 있었고, 19살 어린 나이에 아기를 낳고 결혼해 월세방에 살았던 이는 지금 큰 미용실의 원장이 되었다. '이 길을 가야 성공할 수 있다'와 같은 절대적인 기준은 존재하지 않는다. 지금 처한 상황이 안 좋고 남들과 가는 길이 다르다고 해서 손가락질을 받을 이유도, 다른 사람들의 욕받이가 될 이유도 없다. 지금 사는 인생이 전부가 아니라는 말이다.

힘들고 지치고 실패한 인생이라 생각하는가? 나도 이겨내서 잘 살아내고 있으니 당신도 지금의 역경을 충분히 넘길 수 있다. 사람이 너무 힘든 순간에는 고생을 고생이라 생각하지 못할 정도로 당연하게 받아들이며 살아간다. 역경 속에서도 나를 지킬 수 있었던 건 나 자신을 엄청나게 사랑하고 아껴준 마음 덕분이었다. 간단해 보이지만 많은 사람이 스스로를 경멸하고 미워하고 있다. 누구나 큰 파도 속에서 엄청난 성장을 한다. 지금 파도에 빠져 허우적거리고 있어도 포기하지만 않는다면 5, 10년 후에 목적지까지 어느 정도 가있을 것이다. 타인의 시선을 신경 쓰느라 필요 없는 에너지를 낭비하지 말고 내가 중심이 되어서 자신을 더 사랑하고 아껴주길 바란다.

행복해지는 연습

20여 년 동안 상담하면서 가장 많이 받은 질문은 "저는 언제쯤이면 두 발 뻗고 행복하게 살 수 있을까요?"이다. 그럼 나는 "왜 행복을 뒤로 미룹니까? 지금 당장 행복하면 되죠."라고 답한다. 이에 허탈한 웃음을 짓는 신도는 이미 망상과 욕망이 가득 자리 잡고 있기에 평생토록 행복하기 어렵다. '우리 아들만 대학에 합격하면 정말 행복할 텐데', '아파트 한 채만 사면 진짜 행복할 텐데' 하는 사람들은 대부분 현실을 괴로움과 고통 속에서 보낸다.

나도 처음 신령님을 모시고 다른 사람을 위해 초를 켜고 기도드릴 때 행복하지만은 않았다. 때로는 괴로웠고 하기 싫었으며 언제쯤이면 이 고통에서 벗어나 행복한 삶을 살 수 있을까 하는 막연한 기대감만을 가지고 산 적이 있었다. 그러다 신도님들의 소원이 하나씩 이루어지기 시작하면서 넘치는 만족감과 성취감이 생겼다. 내가 사람을 도와주고 살릴 능력이 있는 사람이라는 걸 깨달은 후부터는 기도하는 순간이 지겹지도 힘들지도 않았다. 어차피 인생이라는 긴 여정은 단기간에 쉽게 끝나지 않는다. 내가 원하는 목표까지 가는 과정이 행복하지 않다면 그 꿈을 이뤘다고 한들 진정한 행복의 의미로 볼 수 없는 것이다.

허리띠를 졸라매 10년 만에 집을 장만한 신도 곁에는 아무도 남아 있지 않았다. 사랑하는 부인도 그를 떠났고 집을 사서 제일 먼저 자랑하고 싶었던 아버지 어머니도 돌아가시고 없었다. 그토록 원하던 집을 장만했지만 그에게는 행복이 아닌 깊은 우울증이 찾아왔다. 그때 왜 인생을 즐기지 못했을까, 부인한테 왜 옷 한 벌 사주지 않았을까, 제주도에 가고 싶다던 아버지의 작은 소원을 왜 들어주지 않았을까, 하는 후회뿐이었다. 그는 내가 집을 사면 뭐하나 싶은 생각에 깊은 슬픔에 빠졌지만 이미 지나버린 시간이기에 후회해도 아무런 소용이 없었다.

인생은 순간이다. 지금 이 순간이 지나고 나면 나도 없고 상대도 없다. 소중한 존재들은 시간의 흐름에 따라 모두 변해버리고 만다. 자식이 대학에 합격해야만 행복한 것일까? 반드시 아파트를 사고 원하는 회사에 취업해야만 사는 의미가 있는 것일까? 우리는 목표를 이루는 과정에서 행복을 찾아야 한다. 꿈을 이뤄가는 과정에서도 충분히 행복할 수 있고 순간을 즐길 수 있다.

목표를 조금 늦게 이루면 어떤가. 최종 목표가 늦어지더라도 꿈을 이뤄가는 순간이 행복하고 보람차다면 훨씬 더 가치 있는 인생이 될 것이다. 새로운 것을 배우는 데는 많은 노력과 인내가 필요하고, 그 과정을 결국 이겨내야 재미가 생긴다. 그러나 사람들은 자신의 행복에는 노력하지 않는다. 인생에서 가장 중요한 것은 지금 바로 느낄 수 있는 순간의 행복과 보람인데 말이다.

행복하기 위해서는 먼저 감사하는 연습을 해야 한다. 큰일에만 감동을 느끼는 것이 아닌 사소한 일상에서 하루를 아무 일 없이 편안하게 마무리했다는 것에서부터 감사함을 느낄 때 행복 연습은 시작된다. 꿈을 이뤄야만 행복할 것이라고 생각하지 말고 지금 책 한 권 사서 읽을 수 있는 능력과 신체에 감사하며 지금 이 순간의 행복을 느껴보자.

무속인은 자기 미래를 볼 수 있을까?

법사님은 본인의 미래도 볼 수 있냐는 질문을 종종 받는다. 결론부터 말하자면 옛말에 중이 제 머리를 못 깎는다는 말이 있다. 뉴스에서 무속인에게 어떤 사고나 일이 터지면 자기 앞날도 못 보는 사람이 다른 사람의 점을 봐준다면서 비웃는 사람도 많다. 나도 처음에 신을 받으면 내 앞일이 훤히 보일 줄 알았다. 하지만 다른 사람의 과거와 현재, 미래는 잘 보여도 정작 내 앞날은 불안하기만 했다. 어찌 보면 내 미래는 궁금하지 않았다. 신도들의 일을 해결해 주고 도와주느라 정작 미래를 꿈꿀 시간이 없었기 때문이다. 그런데 신령님을 모신 지 오래되고 기도를 많이 하게 되면서 나의 앞날도 볼 수 있게 되었다.

신을 모시는 사람은 자신의 앞날을 봐야 하는 것이 맞다. 처음 이 일을 시작할 때는 당연히 기도가 부족했기에 내 앞을 보지 못했지만 영적 능력이 올라가고 영혼이 성숙해지자 통찰력이 깊어지고 혜안이 생기기 시작했다. 해마다 나에게 올해 어떤 일이 있을 것인지 적어놓는데, 노트를 펼쳐보니 '자연과의 교감', '기도를 많이 해야 하는 해', '사람 조심' 이렇게 써놓은 것이 모두 맞아떨어졌다. 올해부터 산이 너무 좋아서 산 근처로 이사했으며 기도의 매력에 빠져 낮이고 밤이고 좌선하며 수행했다. 유튜브도 하고 가끔 방송 출연도 하니 나름 이름이 알려져 나를 흠집 내려는 사람도 있었기에 내가 예상했던 미래가 다 맞아떨어져 있었다.

그러나 미래가 보인다고 해서 모든 것을 다 막지는 못한다. 그런 능력을 가지고 있다면 인간이 아니고 신으로 살아야 한다. 나 또한 결정한 일에 막힘이 있을 때도 있고 기대했던 일이 수포로 돌아갈 때도 많았다. 하지만 절대 신령님도, 하늘도 원망하지 않았다. 세상에는 영원한 화도 없고 영원한 복도 없다는 이치와 전화위복이라는 말을 신념으로 가지고 살아가고 있기 때문이다.

나도 날아오는 화살을 피하지 못해 그대로 맞을 때도 있고, 잘 가고 있는 산길에서 뱀 같은 사악한 인간을 만나 싸우고 대립하기도 한다. 처음엔 왜 이런 상황을 신령님이 막아주시지 않는지 원망한 때도 있었지만 지금은 시련이 오면 분명 하늘에서 내가 풀고 갈 숙제를 줬다 생각하고 열심히 과제를 풀어낸다.

하늘의 숙제를 불교에서는 카르마, 업장이라고 한다. 시련을 하나씩 해결하고 고비를 넘길 때마다 업장은 소멸되고, 인생의 큰 깨달음을 얻는다. 도저히 풀리지 않는 하늘의 시련으로 인해 낙담하고 있을 때, 캄캄한 어둠 속에서 다른 문이 열려 새로운 기회가 찾아올 날이 분명 있을 것이다.

평생
갚지 못할 은혜

부모는 자식이 아프거나 무슨 일이 생기면 허겁지겁 달려가서 해결해 주려고 하지만 자식은 부모에게 살신성인하지 않는다. 결혼하면 배우자와 자식이 눈에 더 들어와서 부모의 건강수가 안 좋다고 해도 한 귀로 흘리는 경우가 많다. 자식을 위한 기도가 8퍼센트라면 부모를 위한 기도는 2퍼센트밖에 되지 않는다. 자식은 부모에게 아무리 잘한다고 해도 은혜를 결코 다 갚지 못한다는 뜻이다.

돌아가신 조상님을 위해 천도제를 지내고 기도를 드리는 것도 좋지만 이왕이면 부모가 이승에서 하루라도, 1년이라도 더 살다 가게 하는 게 부모를 위한 효도이다. 기도만 한다고 해서 선업을 쌓고 효도하는 것이 아니다. 신령님이 할 일이 있고, 사람이 할 일이 있다. 먹고사는 게 바쁘다는 핑계로 부모님에게 소홀했던 건 아닌지 생각해 보자. 요즘 기분은 어떠신지, 식사는 잘하시는지, 어디 아픈 데는 없으신지 묻는 소소한 전화 한 통이 부모님의 기분을 종일 좋게 한다는 사실을 잊지 말자.

함부로
인연을 맺지 마라

법정스님의 명언 중에 "함부로 인연을 맺지 마라."라는 말이 있다. 사주와 운명을 보는 나에게는 가장 와닿는 말이 아닐 수 없다. 다양한 사람들을 상대하면서 느낀 바는 세상에 겉모습과 다른 사람이 너무 많다는 것이다. 당신도 사람의 인연에 대해서 진지하게 생각해야 한다. 사람이 잘못 들어오면 나락으로 떨어지고 상처를 받으며 회복할 수 없는 지경에 이를 수 있다. 판단을 제대로 하지 않고 외롭다는 이유로 아닌 인연에 몸과 마음을 쉽게 준다면 배신당할 확률이 높아진다.

사람은 누구나 외로운 존재다. 외롭다는 이유로, 결혼해야 할 나이인 것 같다는 이유로 급하게 서두른 결혼이 결국 씻을 수 없는 상처가 된다. 그렇게 입은 상처는 회복하려면 큰 노력과 많은 시간이 필요하다. 또한 부모라는 이유로 자녀에게 상처를 주고 압박하면 안 된다. 자녀도 부모에게만 의지해 계속해서 피해를 주고 힘들게 하면 안 된다. 서로가 어느 정도 냉정해져야 조화롭게 살 수 있다. 내 인생을 부모가 살아주지 않고, 자녀가 절대 내 인생을 책임져 주지 않는다.

직장에서 상사나 동료로 인해 공황장애와 우울증에 시달려 고통받는 사람이라면 퇴사하는 것이 낫다. 누가 퇴사를 못해서 안 하냐고, 가족과 생계가 달렸기에 그만두고 싶어도 그렇게 못한다고 말할 수 있다. 그러나 숨 막히는 고통 속에서 직장을 다니다 정신병이 오고 자살 충동까지 생겨 죽게 된다면 내 인생만 불쌍해진다. 일단 지옥의 소굴에서 빠져나와 현명하고 이성적인 판단을 해야 제2의 길을 찾는다.

내가 죽어도 가족들만 슬퍼하지 주위 사람들은 내 고통과 죽음에 대해 전혀 알아주지 않는다. 복수하고 싶은 사람이 있다면 반드시 잡초처럼 살아남아야 한다. 그렇다고 모든 인연을 맺지 말라는 말은 아니다. 오히려 인연을 안 맺어서 사회생활을 제대로 못하는 사람도 많다. 꼰대라고 생각하며 잔소리를 매일 하는 상사가 내게 귀인일 수도 있고, 스쳐갔던 인연이 나에게 기회를 줄 수도 있다. 느낌이 좋고 배울 점이 많은 사람이라면 진취적으로 인연을 잡아야 하지만, 내가 실력을 갖추고 있지 않으면 절대 내 상황보다 좋은 인맥을 맺을 수 없다. 내 실력은 갖추지 않은 채 인복이 없다면서 불평불만과 남 탓만 하는 사람은 절대 귀인을 못 만난다. 나보다 좋은 인연을 맺기 위해서는 그 사람들에게 내가 무엇을 해줄 수 있는지 생각해 보고 나의 실력을 갖춰야 한다. 내가 실력이 없고 매력이 없으면 귀인은 나와 인연을 맺지 않을 것이다.

슬럼프가 찾아왔을 때는 떠나야 한다

관심을 갖고 있던 웨이트 트레이닝을 시작했다. 운동을 하면서 체력의 한계와 나약함을 알게 되었다. 오기가 생겨 이를 악물고 운동에 전념했다. 우연히 헬스장에서 알게 된 보디빌더 형과 같이 운동을 했는데, 이분도 운동이 전업이 아니어서 낮에는 장사를 하고 밤에 운동을 했다. 열 살 이상 차이가 났지만 공감대가 잘 맞았다. 1년 넘게 운동을 하니 눈에 띄게 체력이 좋아졌고, 스쿼트 120킬로그램을 들게 되면서 가슴속에 쌓인 고통도 같이 찢어버렸다. 이상한 일이 벌어졌다. 운동하고 체력이 좋아지니 전보다 성격이 더 긍정적으로 변했고 뭐든지 할 수 있다는 자신감이 생기기 시작했다. 그러나 여전히 본업에는 관심이 생기지 않아 오전 9시에 헬스장에 가서 종일 운동하다 오후에 법당으로 가는 생활 패턴을 1년 이상 하고 있을 때, 형이 나에게 한마디 던졌다.

"왕 도사, 그래도 일은 하면서 운동해야지. 이제 제자리로 돌아가."

형은 나를 왕 도사라는 별명으로 불렀다. 제자리로 돌아가라는 형의 한마디에 머리를 한 대 맞은 기분이었다. 마음을 다잡기 위해 계룡산에 올라가 신령님 앞에 무릎을 꿇고 앉았다.

"잘못했습니다, 신령님. 초심으로 돌아가서 다시 어려운 사람들의 이야기를 듣고 돕겠습니다."

신령님은 너그럽게 말하셨다.

"애야, 잘못한 것은 없느니라. 내 제자가 이렇게 건강해져서 많은 깨달음을 얻어 기쁘다. 인생의 스승은 높은 곳에 있지 않다. 지금 네가 만나고 있는 모든 사람이 너의 스승이다."

신령님은 마지막으로 당부의 말을 전하며 나에게 큰 숙제를 주셨다.

"너는 사업가의 길을 가면 안 되느니라. 영성의 길을 가야 네가 사느니라. 법당에 내려가서 네가 할 일이 있다. 당장 전화기 선을 뽑아버리고 마음에서 우러나오는 글과 지혜를 사람들과 나누거라."

법당의 전화기 선을 뽑으라는 것은 예약을 받지 말라는 뜻이기에 많이 혼란스러웠다. 법당으로 돌아와 지인들과 상의했지만 만약에 손님이 모두 끊어지면 어떻게 먹고살 거냐며 그건 잘못된 방법이라고 걱정했다. 틀린 말은 아니었다. 하지만 나는 생각이 달랐다. 만약 나를 찾는 사람이 더 이상 없으면 다른 길을 가라는 뜻인 줄 알고 다른 일을 하겠다고 다짐했다. 결국 유선 전화를 해지해 버렸다.

이후 사람들이 나와 연락이 닿지 않아 방송국에 전화까지 했고 방송국에서는 법사님을 찾는 전화가 많이 와

업무를 볼 수 없으니 제발 전화 좀 받아달라고 부탁했다. 그때부터 온라인을 통해 소수만 예약을 받아 상담을 진행하게 되었다. 그 결과 전보다 마음이 편안해졌고, 손님을 대하면서도 지치지 않았다. 기운이 좋으니 진정으로 내담자의 마음을 위로하고 치료해 줄 수 있게 되었다.

지금 내가 괴로운 이유는 내가 갖고 있는 것을 놓치기 두려워서 항상 불안하고 초조한 것이다. 내가 어떻게 이룬 것인데 이것을 포기할까 싶고, 내 자리를 뺏겨 원하는 것을 이루지 못할 것 같은 두려움 때문에 슬럼프에 빠지게 된다. 나도 여러 가지를 포기하고 내려놓기까지 두려움과 싸워야 했다. 당장에는 원하는 만큼의 부와 명예는 얻지 못하지만, 내려놓는 순간 앞으로 더 큰 기회가 찾아온다는 사실을 깨달았다.

슬럼프에 빠져서 괴롭고 힘들다면 컴퓨터 앞에 앉아 있지 말고 책도 보지 말고 당장 밖으로 나가서 무작정 여행을 가거나 산으로 떠나라. 내가 하지 않았던 일들을 짧게는 며칠, 길게는 몇 달이라도 하고 온다면 앞으로어떻게 방향을 잡아야 할지 분명 해답이 나올 것이다. 마음이 어지러울 때는 반드시 쉼이 필요하다.

무법천지가 되어버린 세상

이번에 이사를 하면서 텔레비전을 버렸다. 매일 드라마 같은 인생사들을 실제로 보고 있기에 그들의 인생 속에 들어갔다 나오면 TV 속의 일에는 전혀 관심이 가지 않는다. 몇 년 전, 나를 섭외하려고 한 케이블 방송에서 미팅을 제안했다. 하지만 이상하게 마음이 내키지 않아 촬영을 거절했다. 이후로도 몇 번이나 연락이 와 나를 꼭 보고 싶다고 하기에 더 이상 거절할 수 없어 방송국으로 미팅하러 갔다. 어렵게 시간을 내서 갔지만 PD는 시간이 되어도 오지 않았다. 작가랑 1시간 정도 미팅한 후에야

PD는 오늘 시간이 안 맞아 못 올 거 같다고 통보했다. 그리고는 나를 위로 불러 한 작가가 녹음기를 틀고 그 PD의 사주에 대해서 물어보는 것이 아닌가. PD가 현재 좋아하는 사람과 잘될 수 있는지를 작가가 물어보았다. 나를 만나고 싶었던 것도 본인의 점사가 듣고 싶어 작가에게 부탁해 거짓말로 나를 불렀던 것이었다. 그들의 장난에 화가 났다. PD는 나에게 죄송하다는 인사 한 번을 안 했고, 그날 결국 바람맞고 돌아왔다.

사람은 결국 어디선가 만나게 되어 있다. 그가 방송가를 떠나지 않고 남아 있다면 언젠가 한 번은 보게 될 것이다. 서로 아는 인맥이 겹칠 수도 있다. 타인에게 경솔하게 했던 행동은 그대로 돌려받을 날이 온다.

반면에 한 프로그램에 나가기 전에 미팅을 하는데 생각지도 않게 유명한 PD가 나를 만나러 왔다. 인기리에 방영 중인 〈놀면 뭐하니?〉의 김태호 PD였다. 내가 맡은 역할이 크지 않았음에도 나와 만나 이야기를 하고 상의하는 모습에 성공하는 사람은 다르다는 것을 몸소 체험했다.

유튜브를 하다 보면 수많은 악플을 본다. 악플 중 가장 많은 내용은 "네 인생이나 잘살아라", "미래를 본다는 너는 정작 왜 그러고 사냐"이다. 신랄하게 공격하는 이들을 보면 웃음이 난다. 나는 충분히 내 삶 안에서 행복감을 느끼고 잘 살고 있으며 정작 내 마음은 악플을 다는 사람들보다 훨씬 편안하고 안정적이다.

항상 자업자득, 인과응보라는 말을 신념으로 생각하며 살아야 한다. 사람은 뿌린 대로 거두는 법이며 업을 지으면 반드시 그것에 합당한 벌을 받는다. 많은 곳에서 미투운동이 일어났다. 하나의 인격체로 존중하지 않고 내뱉은 한마디가 사람을 죽일 수도 있고, 개념 없이 저지른 행동 하나로 한 사람의 자존감을 무너트리고 인생을 망가트릴 수 있다. 가해자는 본인이 한 행동이 얼마나 큰 잘못인지 인지하지 못하고, 세월이 지났으니 피해자가 잊었을 것이라고 생각하지만 큰 착각이다.

"나쁜 짓을 저지르고 못되게 사는 사람이 더 잘 사는 건 왜 그런 건가요? 착하게 살라는 법사님의 말을 이해하지 못하겠습니다."라며 누군가가 댓글을 달았다. 이 댓글에 많은 이가 '좋아요'를 누른 것을 보고 세상을 비관적으로 보는 사람이 많다는 것을 느껴 허탈했다. 비윤리적으로 살면 순간의 재물과 명예를 얻어 호화스럽게 잘 사는 것 같아 보이지만 그들의 끝을 본 건 아니지 않은가. 상대의 화려한 모습만 보고 그들의 삶과 나를 비교할 때 열등감이 표출된다. 비열하고 부도덕한 상대와 나를 비교하며 소중한 자존감을 해치지 말자. 그렇게 할 가치도 없다.

우리는 무법천지의 사회에 살면서 악한 사람들에게 항상 노출되어 있다. 직책을 이용해 갑질을 하고 거짓말을 하며 사람을 갖고 노는 사람들도 있고, 불법적으로 자신의 이익만 챙기고 돈을 이용해 교묘하게 빠져나가는 부류도 있다. 한 사람이 많은 이의 인생을 망가트리고 있다. 그러나 말하지 않으면 아무도 나를 지켜주지 않는다. 잡초처럼 살아남아야 하고 힘들면 솔직하게 도와달라고 요청해야 한다. 참고 사는 것만이 미덕이 아니다. 울고 싶으면 울고 죽고 싶으면 죽을 것 같다고 말해야 한다. 소중한 내 삶을 타인과 비교하며 사는 데 시간을 낭비하지 말고 나 자신만을 생각하며 살자. 그래도 부족한 인생이다.

삶의 위기 속에 있는 당신에게

사람의 운명은 선택이다.

순간의 선택이 나를 집어삼켜 패배자로 만들어도 절대적인 슬픔이라 생각 말고 어둠에서 당당히 빠져나와야 한다.

신을 믿고 기도한다고 해도 내가 생각했던 대로 일이 풀리지 않을 때도 있다. 섣부른 욕망은 한 치 앞도 못 보는 인간의 이기적인 바람이기 때문이다. 신은 인간의 마음과 같지 않다. 때로는 큰 것을 주기 위해 모진 비를 맞게

하기도 하고, 앞으로 더 큰 대의를 위해 높게 쌓아 올린 탑을 무너트리기도 한다. 지금 위기의 순간이라고 너무 괴로워할 것도, 실망할 것도, 특히 누구를 원망할 것도 없다.

어떤 누구도 당신을 위기의 벼랑 끝으로만 몰고 가지 않는다. 일어서는 것도 나의 의지고 신을 믿고 사주팔자를 믿는 것도 내 선택이고 결정이다. 이대로 시간을 흘려보내고 싶지 않다면 툭툭 털고 일어나 보자. 가장 무섭고 두려운 순간을 견뎌내야 빛을 보고 새싹을 틔울 수 있다.

이 글을 읽고 있는 당신은 충분히 그럴 수 있다.
반드시 일어날 것이다.

지나고 나니
보이는 것들

때로는 쉽게 가는 길이 좋은 것만은 아니다. 빨리 가지는 못해도 고통 속에서 얻은 깨달음과 천상의 지혜는 평생의 밑거름이 된다. 그러나 쉽게 잘 사는 사람이 있다. 무얼 하든 노력보다 운이 좋아 잘 풀리거나 쉽게 귀인을 만나서 문제를 해결하는 사람이 있다. 주변에 이런 사람 한 명씩은 꼭 존재한다. 그래서 나와 그의 처지를 비교하며 자책하고 내 고생과 노력에 비해 보상이 적다고 하늘과 부모, 주변 환경을 원망한다.

나도 이 일을 하면서 10년 전까지는 세상이 불공평하

고, 내가 팔자가 안 좋아 남들보다 두 배로 고생하는 것 같다는 억울한 마음이 들 때도 있었다. 그러나 내 처지를 비관해 봤자 현실은 바뀌지 않는다는 것을 깨닫고, 그런 마음이 들 때마다 기도를 떠나며 새로운 스승을 만났다. 사람이 살면서 누릴 수 있는 가장 큰 복은 나의 인성을 승화시켜 주고 내가 더 편안하게 살 수 있게 도와줄 참된 스승을 만나는 것이다.

스승에게 거창하고 대단한 깨달음을 얻으려 하지 말고, 그의 삶과 태도를 바탕으로 내 인생의 방향만 제대로 잡아도 큰 덕을 본다. 나도 신령님만 모시면 모든 게 다 편해질 줄 알았지만 운명을 바꾸는 일에는 피나는 노력이 필요했다. 사람은 누구나 기도 한 번에 소원을 성취하기 바라며, 속 썩이던 자식이 착한 아이로 돌아오길 바란다. 어떤 이는 나에게 기도를 통해 소원을 빨리 이뤄달라고 사정하고, 어떤 이는 손님도 가려가면서 구제하냐며 욕을 한다. 사람을 구제하는 중요한 일을 어찌 아무한테나 베풀 수 있겠는가. 신령님과 조상님이 당신의 돈을 뺏

어갔는가? 아니면 자식의 앞길을 막았는가? 어떤 권리로 목구멍까지 차있는 욕심을 신령님의 은혜로 채우려고 하는가. 그것은 신과 조상에게 정성을 올리며 거래하자는 거나 마찬가지다.

수십 번의 기도를 드려도 그런 마음을 가진 자는 절대 성불을 이루지 못한다. 한 번의 상담에 인생의 큰 획을 잡으려는 환상을 가진 사람들을 보면서 인연에 연연하지 않고 오로지 나만의 방식으로 신령님의 일을 하겠다고 다짐했다. 되돌아보면 나도 나를 이끌어주는 스승을 처음부터 잘 만났더라면 더 쉽게 이 길을 갈 수 있었을 텐데, 하는 아쉬움이 들 때가 있지만 지나고 보면 고생을 했어야만 지금의 나를 만들 수 있었다.

인간의 욕심은 끝이 없다. 그들이 아둔하다는 게 아니다. 나도 그런 시절이 있었다는 것을 고백한다. 조력자는 모두 선인일 거라 쉽게 착각하지만 때로는 악인이 나에게 오기를 심어주어 인생의 전환점을 맞기도 한다. 신령님을 만나고도 인생이 계획처럼 쉽게 풀리지 않을 때도 있었다. 하지만 지나고 보니 왜 그랬는지 차차 알게 되었다. 그러니 순간의 이익에 세상을 다 얻은 것처럼 오만하지 말고, 지금 실패했다고 세상을 다 잃은 것처럼 움츠러들지도 마라.

당신의 꽃은 반드시 핀다

꽃은 다른 꽃을 질투하거나 시기하지 않는다. 수수한 들꽃은 들꽃대로, 화려한 꽃은 화려한 꽃대로 자신만의 색깔을 뽐낸다. 이게 바로 각자의 개성이고 매력이다. 반면에 사람은 서로를 시기하고, 못난 열등감 때문에 자신을 괴롭힌다. 내가 가진 본연의 꽃도 제대로 피우지 못하면서 다른 이의 꽃만 부러워하고 시기한다. 열등감에 젖어 정작 내가 얼마나 귀하고 예쁜 꽃인지 알지 못해 만개하지 못한 꽃이 얼마나 많은가.

봄에 꽃을 피우기 위해서는 한겨울의 모진 추위와 바람을 견뎌낸 나무만이 전성기를 맞이하고 씨앗이라는 종자를 남길 수 있다. 자연은 이토록 사람의 인생과 같다. 어찌 보면 한 송이 꽃보다 나약한 것이 인간이다. 들꽃은 바위틈의 흙 몇 알에서도 강인한 생명력을 갖고 작은 꽃을 피운다. 나에게 주어진 조건이 부족하더라도 부모 탓, 세상 탓만 하면 안 된다. 반드시 살아내겠다는 일념만 있으면 못 이룰 것은 없다.

나는 금수저, 흙수저라는 말이 싫다. 부모가 열 달을 품어 낳아주셨으면 그것만으로 천운인 것이다. 부모가 아무리 재산이 많다 해도 내 인생의 성공은 죽을 때까지 장담할 수 없다. 어려운 환경에서도 의지와 집념으로 말년에 화려한 꽃을 피우는 사람이 있으며, 젊었을 적 초년 성공으로 온갖 부러움을 받던 사람도 말년에 비참한 최후를 맞이하기도 한다.

화무십일홍 권불십년花無十日紅 權不十年. 열흘 동안 붉은

꽃은 없으며 10년 가는 권세는 없다는 뜻이다. 지금 내 인생의 꽃이 폈다면 겸손한 자세로 향기를 뿜어내기 위해 더 노력해야 하고, 현재 모진 겨울을 만나 꽃이 못 폈다면 불굴의 의지로, 결국 피워낸다는 마음으로 견디고 이겨내야 할 것이다.

그러면 당신의 봄은 오기 마련이다.

운에도 사계절이 있다

어느 해보다도 무더웠던 여름이었다. 이 뜨거운 여름이 언제 지나가나 막막했는데 어느새 아침저녁으로 찬 바람이 불고 창밖으로 귀뚜라미가 운다. 철에만 계절이 있는 것이 아니라 사람의 운명과 팔자에도 사계절이 존재한다. 오랫동안 상담하면서 사람들의 운을 관찰해 본 결과 계절이 바뀌면 운도 변하기 시작한다. 작은 물 입자가 모여 물방울이 되듯 눈에 보이지 않지만 운은 점점 변화한다. 좋은 운이 다가오면 표정부터 밝아지고 마음이 편안해지기 시작한다.

괜히 신경질이 나고 만나는 사람마다 문제가 생긴다면 현재 운이 좋지 않다는 것을 알려주는 신호기도 하다. 그럴 때 본인은 아무런 노력도 안 하면서 갑자기 귀인이 나타나 나를 도와주길 바라고, 성공한 지인들을 생각하며 열등감에 빠져 세상을 원망하기 시작한다. 상대의 장점을 보는 것이 아니라 분명 편법을 써서 성공했을 거라고 자기 합리화를 하며 시기와 분노로 그들의 성공을 인정하지 않고 있을 때, 그들은 이미 다가올 미래를 위해 피눈물 나게 노력하고 있다.

5년 전에 나를 찾아온 손님이 다시 찾아와 "2년 후에 돈을 많이 번다고 했는데, 지금 아무것도 없어요." 하며 나를 원망했다. 부동산으로 성공하고 싶었던 그는 매입해 놓은 땅값이 많이 올라 부자가 되는 기대를 했지만, 사놓은 땅이 결국 개발되지 않자 땅값이 안 오르는 이유를 정부 탓, 세상 탓으로 돌리다 결국 내 탓까지 하는 것이었다. 그 땅을 사기 전에 어떤 노력을 했는지, 땅을 사놓고 5년 동안 얼마큼 돌아다니며 그 지역의 정보를 얻었는지 묻자 명확한 대답은 하지 않고 다른 사람들은 땅 사서 돈만 잘 버는데 자기 인생만 이렇다면서 볼멘소리만 했다.

여태까지 상담하면서 깨달은 성공한 사람들의 공통점은 저절로 성공을 이룬 사람은 단 한 사람도 없다는 것이다. 갑자기 횡재해 부를 이룬 사람은 있었지만 결국 관리를 못해 재산을 지키지 못했다. 고사 중에 수인사대천명修人事待天命이라는 말이 있다. 사람으로서 할 수 있는 데까지 최선을 다하고 그 결과는 하늘에 맡긴다는 뜻이다. 사실 혼자 기도만 해서 성불을 이룬다는 것은 지팡이만 짚고 높은 산을 올라가는 것만큼 힘든 일이다. 이루고 싶은 바가 있으면 간절히 기도하고 노력해야 한다. 운은 저절로 들어오지 않는다. 최선을 다해 노력하고 있을 때 나를 지켜보던 조상님이 "이제는 너를 도와줄 때가 되었구나." 하면서 열리는 것이 운이라는 것을 절대 잊지 마라.

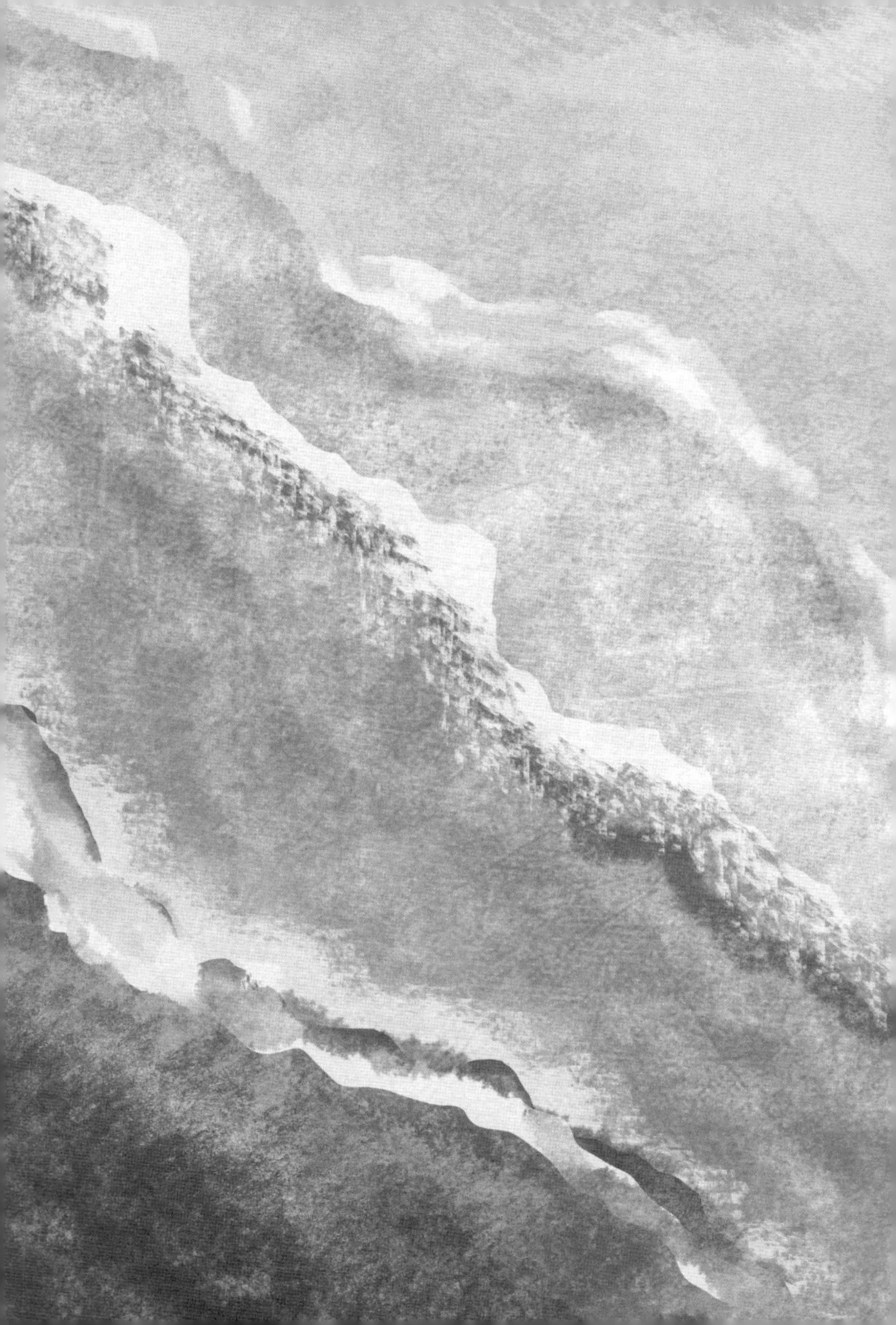

4

운명을
바꾸는
최고의 방법

당신에게 진정으로 도움이 되길 바라며

계속되는 경제 불황과 코로나19로 인해 사람들이 '운'에 관심이 많아졌다. 서점에만 가도 운명을 바꿔준다는 책들이 수십 권씩 출간되어 있는 것을 보면 이제는 운이라는 것도 미신이 아닌 생활의 일부분이 된 것 같다.

오래전, 개운법開運法 연구를 시작했던 계기는 나를 찾아온 손님들에게 작은 희망이라도 주고 싶은 마음 때문이었다. 사주가 안 좋다고 말할 수밖에 없는 상황들이 생겼고, 그들이 낙담하며 법당 문을 나서는 모습에 자괴감이 들었다. 모든 사람을 만족시킬 수는 없겠지만 운명을 바꿀 수 있다는 희망을 주고 싶었다.

12년 전에 SBS 〈스타킹〉에 출연해 운이 좋아지는 패션 코디와 개운 방법을 알려주어 화제가 되었었다. 그때부터 최근까지도 많은 출판사에서 개운법에 대해 책을 써달라며 출간 제안을 했지만 스스로가 근거가 부족하다 생각해서 출간을 고사했었다. 출판사에서는 사람들이 운에 대해 이렇게 열광하는 게 근거라며 설득했지만 내가 직접 느껴보지 않고 경험해 보지 않은 것은 함부로 권하고 싶지 않았다.

그러나 이제는 개운법에 희망의 근거가 생겼다. 운이 좋아지는 개운법을 지친 삶에 희망을 주는 희망법이라 말하고 싶다. 내가 해보지 않은 방법은 당신에게 권유하지 않을 것이다. 앞으로 나올 개운법을 통해 지금보다 더 행복한 삶을 살기를 진심으로 바란다. 할 수 있는 데까지 최선을 다하고 그 결과는 하늘의 운명에 맡겨라. 길운은 스스로 만드는 것이다. 인생의 길에 잘 다듬어진 굳은 땅이 나올 수 있도록 끊임없이 노력해라. 운을 만드는 데에도 피나는 노력이 필요하다.

지금부터 내가 설명하는 방법은 나도 하고 있는 방법이며, 이를 통해 많은 사람이 희망의 결실을 맺었기에 마음의 문을 열고 봐주길 바란다.

짙은 안경은 진심을 가린다

SBS 〈스타킹〉에 출연했을 때 룰라의 이상민 씨가 개운 감정을 받으러 무대로 나왔다. 나는 그에게 선글라스를 당장 벗으라고 했다. 진심을 가리니까 사람들에게 이용당하는 것이라고 말하며 선글라스를 벗으면 성공할 수 있다고 조언했다. 방송할 때마다 항상 검은 선글라스를 쓰고 나왔던 그가 어느 순간부터 선글라스를 벗고 방송을 시작했고, 케이블계의 유재석이라고 불릴 만큼 다시 전성기를 맞았다. 사람을 대할 때 짙은 렌즈의 안경을 쓰고 자신의 눈을 보여주기 꺼리는 사람들이 있다. 관상에서는 눈이 전부라고 할 정도로 눈매와 눈빛이 굉장히 중요하다. 짙은 렌즈의 안경이나 선글라스를 쓰면 운이 드나들 출구가 없어져 꽉 막힌 상태가 된다.

짙은 안경을 벗으면 운이 순환되어 눈빛을 통해 사람들이 나를 선택할 수 있게 된다. 중요한 사람을 만날 때는 선글라스를 쓰지 마라. 내 눈과 눈빛을 보여주면 상대를 내 사람으로 만들 수 있는 운이 상승한다.

다음은 반대의 경우인데, 오히려 눈에 살기가 있거나 눈매가 무서운 경우에는 오히려 안광의 살煞로 인해 관계에 대립이 생길 수 있다. 이럴 때는 둥근 안경이나 옅은 렌즈의 선글라스를 활용해 눈의 살기를 가리는 것이 좋다. 하지만 가린다고만 해서 안 좋은 기운이 소멸되는 것은 아니다. 눈매가 강할수록 많이 웃어서 얼굴 근육을 부드럽게 만들어야 한다. 특히 입꼬리가 위로 올라갈 정도로 웃는 연습을 많이 해야 된다. 눈빛이 사납고 무서워도 얼굴 근육이 풀어져서 웃는 상이 된다면 강한 눈빛도 보완할 수 있게 된다. 그러면 상대는 당신의 눈매의 강함보다 부드러운 표정과 웃음에 집중하고 그 모습을 기억에 오래 남겨둘 것이다.

목소리에
운의 비밀이 있다

작년 가을에 MBC 〈놀면 뭐하니?〉에 출연해 유재석 씨의 사주와 관상을 봐준 적이 있다. 사실 관상으로만 봤을 때는 그의 사주가 뛰어나게 좋다고는 느끼지 못했는데, 그가 첫입을 여는 순간 내 심장이 떨릴 정도로 목소리에서 큰 에너지가 느껴졌다. 나는 그에게 대운이라 당신 손을 거치면 못 이룰 것이 없을 것이라고 말했다. 또한 기획해 같이 활동하고 있는 환불원정대 팀 모두 수상할 운이 크다고 했었는데, 그해 겨울 그는 몇 년 만에 연예대상을 수상하는 큰 경사를 맞을 수 있었다.

사람들은 나에게 어떻게 그의 대상을 예언했는지 물었다. 사실 그의 관상이 그렇게 눈에 들어온 것도 아니고 사주의 운이 뛰어나게 좋은 것도 아니었다. 하지만 목소리 하나로 그의 인생에 운이 꽉 차있다는 걸 확신할 수 있었다. 사람의 운명은 사주팔자뿐만 아니라 관상과 그 사람의 표정, 행동, 성격, 목소리, 말투를 종합적으로 보고 판단하는 것이다. 지금 당장 목소리를 점검해 보자. 방법은 간단하다. 지금 핸드폰 녹음기를 켜 이 책 한 페이지를 읽어보고 다시 들어봐라.

안 좋은 목소리의 특징

1. 답답함이 느껴지는 탁성
2. 불안함이 느껴지는 떨리는 목소리
3. 쇳소리가 나거나 갈라지는 목소리
4. 코가 막힌 비음이나 나도 모르게 '큼큼' 소리를 내는 습관
5. 다른 사람이 잘 알아듣지 못하는 작은 목소리

혹시 다섯 가지 중 한 가지라도 해당된다면 목소리에 운기를 채우는 연습을 해야 한다. 대부분 잘못된 습관이나 스트레스, 불안감으로 인해 목소리에서 그 기운이 그대로 전해지는 것이다. 산에 가서 크게 소리를 질러 답답한 화의 기운을 뿜어내고 복식 호흡을 연습하면 좋다. 복식 호흡이 익숙하지 않은 이는 어설프게 따라 하는 것보다는 높은 산을 오르면서 숨을 깊게 들이마셨다가 내뱉는 연습부터 해라. 그렇게 호흡을 하고 나면 배 속 안에 차있는 분노와 불안, 슬픈 에너지들이 정화되는 효과가 있다.

책을 큰소리로 읽으면 힘 있는 소리로 변한다. 본래 목소리가 작다면 안으로 삼키지 말고 바깥으로 내뱉는 연습을 해라. 발성이 확연히 달라지는 것을 느낄 수 있다. 나도 매일 책을 낭독하며 목소리를 체크한다. 목소리에 탁성이 느껴지거나 마음에 들지 않을 때는 위에서 말한 방법을 그대로 하며 목 관리에 신경 쓴다. 목소리는 마음과 연결되어 있는 기관이다. 마음의 분노를 잘 다스리면 남들이 들었을 때 안정감 있고 듣기 좋은 차분한 소리가 나올 수밖에 없다. 녹음해서 들어도 도저히 목소리 상태를 잘 모르겠다면 가족이나 친구에게 자신의 목소리가 어떤지 물어보는 것도 좋은 방법이다. 흔히들 목소리는 타고나는 것이라고 생각하지만 연습하면 충분히 개선할 수 있다.

인상은
당신의 운명을 결정한다

관상과 인상은 타고난 사주만큼 중요하다. 얼굴은 영혼이 표출된 모습이다. 아무리 내 감정과 상태를 숨기려 해도 결국 드러날 수밖에 없는 것이 바로 눈빛과 얼굴 표정이다. 우리는 사람들과의 관계 속에서 기회를 얻는다. 인생은 결국 혼자라고 생각하면서 누구의 도움 없이 무조건 혼자 성공할 것이라고 당당하게 말하는 사람을 보면 어안이 벙벙하다. 우리의 삶은 단독이 아닌 협업으로 이루어지며 우리 인생의 날개를 달아줄 존재도 결국 사람이라는 것을 잊어선 안 된다.

지금 당장 거울을 보고 내 얼굴과 3분간 마주해라. 본인의 얼굴이 보기 싫은 사람은 생각보다 3분이 꽤 길게 느껴질 것이다. 오랫동안 자신의 눈을 쳐다보고 있으면 예상치 못하게 눈물이 터져 나올 수도 있다. 오로지 자신과 마주하는 것만으로도 마음은 정화된다. 거울을 통해 내 눈을 깊이 들여다보면서 얼굴 구석구석을 유심히 살펴보는 연습을 해라. 내 얼굴과 친해지면서 정이 들다 보면 어느새 평온함이 얼굴에 드러날 것이다. 운을 관리하는 방법 중 가장 중요한 것이 내 얼굴과 인상을 관리하는 것이다. 타고난 관상은 바꿀 수 없지만 연습을 통해 부드럽고 정감 가는 인상을 만든다면 보다 나은 삶을 살 수 있다.

예쁘고 잘생기지 않은 얼굴이라면서 인상을 바꾸길 거부하는 사람들이 있다. 아무리 뛰어난 생김새를 가져도 얼굴에 생기가 없고 인상이 좋지 않으면 나쁜 운으로 흘러갈 수밖에 없다. 억지로라도 웃어서 부드러운 인상을 만들어야 한다는 이야기를 들은 적이 있다. 나는 이 방법은 추천하지 않는다. 억지로 만드는 표정은 한계가 있다. 가장 먼저 마음속에 숨어 있는 분노와 부정적인 생각부터 정리하는 것이 좋은 인상을 만들고, 오래 유지하는 최상의 비법이다.

인상을 바꾸는 방법

사람은 누구나 말하지 못할 가슴 아픈 상처를 하나씩 갖고 산다. 나 또한 상처가 많았다. 힘든 시기였던 10년 전 사진을 보면 인상이 사납고 날카로워 보기 부끄러울 정도다. 오래전 방송에 출연했을 때의 얼굴을 기억하는 사람들은 지금 내 얼굴을 보면 다른 사람 같다며 놀란다. 부끄러운 과거지만 방송을 내 눈으로 확인하고부터 인상을 바꾸는 연습을 시작해 지금의 평온한 인상의 얼굴을 갖게 되었다.

성형을 통해 관상을 바꾸는 것은 인위적으로는 가능

하지만, 본연의 인상과 표정을 바꾸는 것은 스스로 노력해야 하는 부분이다. 나도 지금의 인상으로 바꾸는 데 10년이라는 시간이 흘렀다. 뭐든지 단기간에 급하게 바꾸려고 하면 실패할 수밖에 없다. 다음은 일상에서 인상을 바꿀 수 있는 좋은 습관들이다.

1. 부정적이고 비관적인 생각도 습관이다

행동은 모두 습관과 연결되어 있다. 어떤 일을 하더라도 걱정과 불만부터 생각하는 사람은 에너지를 불안한 감정에 쓸데없이 소모하게 된다. 그렇게 에너지를 써버리면 얼굴빛은 점점 생기를 잃고, 초조함이 얼굴 한 부분에 드러나기 때문에 부정적인 생각이 들 때, 순간의 감정을 알아차리고 부정적인 생각을 차단하는 습관을 들여야 한다.

2. 잠들기 전에 행복한 생각을 해라

잠자는 동안에도 우리의 무의식은 계속해서 활동하고 있다. 내일 일어날 일에 대해 미리 걱정하기보다는 잘

될 것이라는 상상과 그 일이 실제로 이루어져 행복해하는 나를 상상해라. 일과 중에 힘든 일만 있었던 것은 아닐 것이다. 동료와의 가벼운 농담이나 오늘 이루었던 만족할 만한 성과들과 내일 일어날 좋은 일들을 생각하며 행복하고 감사한 마음을 가져보자.

3. 스펙터클하고 놀라운 일만이 행복이 아니다

우연히 들른 식당의 음식이 맛있는 것도, 나와 딱 어울리는 옷을 찾은 것도, 심지어 지금 책을 보며 우리가 마음을 공유하는 이 순간도 다 사소한 행복이다. 작은 것에 만족하고 감사한 마음을 갖기 시작하면 얼굴의 낯빛부터 달라진다.

3분 명상 기도로 바라는 것을 상상해라

반드시 이루고 싶은 꿈이나 소망이 있을 때는 간절히 바라고 기도해야 한다. 다만 무작정 바라기만 하는 것이 아닌 내 꿈을 머릿속으로 상상하며 목표에 대해 확언을 해라. 신앙과 종교는 상관없으며 기도하는 대상이 신이 아니라도 좋다. 우리는 꿈을 이루기 위해 많은 시간을 현실적인 일과 노력에 투자하지만 그 꿈을 이루기 위한 '운'에 대해서는 단 5분도 투자하지 않는다.

우리가 가진 무의식에는 엄청난 비밀과 가능성이 숨

어 있다. 비관주의적 태도와 실패할 것이라는 공포가 내재되어 있으면 실제로 우려했던 상황을 마주하게 된다. 무의식적으로 생각하고 있던 부분이 현실에서 자연스럽게 의식적인 행동으로 나타나게 되고, 감추고 싶었던 트라우마는 결국 곪아터져 나를 힘들게 해 안 좋은 결과를 만든다.

비관적인 태도와 불안한 태도를 잠재우고 싶다면 3분 명상 기도법을 추천한다. 나는 기상한 직후와 점심시간, 그리고 자기 전에 3분씩 앉아 명상 기도를 한다. 바닥에 앉아 양반다리를 해도 좋고 의자에 앉아도 상관없다. 먼저 눈을 감고 깊게 호흡을 내쉬면서 다른 생각은 비우고 오직 내가 원하는 목표에 대해 끊임없이 상상해라. 명상이 끝난 후에는 내 꿈과 목표를 반드시 이룰 것이라고 입으로 소리를 내어 말하면서 나의 다짐을 귀와 머릿속으로 들어가게 해라.

명상을 하다 보면 온갖 잡생각이 들어 1분도 앉아 있기 힘들 수도 있다. 거창한 계획을 잡으면 오히려 명상

하는 과정이 지겹고 고통스러워 포기하는 경우가 많다. 짧게 하더라도 작은 계획부터 상상하며 꾸준하게 마음 수련을 하다 보면 부정적인 무의식의 태도도 수정이 가능해 내 안에서 자신감과 확신이 차오르는 것을 느낄 수 있다.

꾸준히 3분만 투자해도 마음가짐이 확연히 달라지는 것이 느껴진다. 그러나 3분의 투자도 작심삼일로 돌아가는 경우가 대부분이다. 이 시간도 투자하지 못하는 것은 현재 설정한 목표가 절실하지 않다는 뜻이기도 하다. 내가 아무리 노력해도 운이 따라주지 않으면 안 된다는 것을 실패를 경험해 본 사람은 알 것이다. 무한 경쟁 시대에 사는 우리에게는 노력에 힘을 더해주는 초월적인 힘이 필요하다. 아무도 나에게 그런 힘을 주지 않기에 위기에 쉽게 흔들리지 않는 내재적인 힘은 반드시 필요하다.

당신은
현재 일을 즐기고 있는가?

매일이 지겨워 마지못해 일하는 사람에게는 길운이 들어올 틈이 없다. 나 또한 과거에는 억지로 일을 할 때가 있었다. 이상하게 그 시기에는 항상 일이 잘 안 풀리고 감정이 실타래처럼 엉켜버려 감정적으로 힘든 날들이었다. 주위 분들이 돌아가시는 것을 보고 지금 이 순간이 행복하지 않으면 미래에도 행복하지 않을 거라 생각하게 되었고, 목표를 다시 설정했다. 당신에게 꿈을 포기하라는 말이 아니다. 당장에 마음이 불편한 목표는 조금 낮추고 오늘 하루 작은 것에 만족하고, 지금 바로 행복한 목표로 바꾸면 놀라울 정도로 지금의 삶에 만족하게 되고 충분히 즐기게 된다.

올해 초 SBS Plus 〈강호동의 밥심〉에 출연해 12년 만에 강호동 씨를 다시 만났다. 그 전과는 너무나 달라진 모습에 소름이 돋을 정도였다. 오래전 SBS 〈스타킹〉에 출연했을 때는 강한 성격 때문에 대하기가 어려웠다면, 그날 촬영장에서 본 그의 모습은 배려심이 흘러넘쳤고, 지금 이 순간을 충분히 즐기고 행복해하는 모습이 진정으로 다가왔다. 그래서 그에게 돌직구로 "지금은 독기가 많이 빠졌지!"라고 말해 한바탕 웃음바다가 되었다. 유재석 씨의 대상을 예언한 무속인이라고 남창희 씨가 나를 소개하면서 호동이 형은 언제쯤 대상을 받을 수 있는지 물어보았다. 나는 그가 지금 대상을 받는 것보다 더 큰 대운을 갖고 있으며, 지금 하는 일을 이렇게 즐기고 행복해하고 있는데 이것보다 더 좋은 운은 없을 거라고 말했다.

마지막으로 내가 그에게 더 큰 감동을 받은 것은 바로

배려심 때문이었다. 내가 유명인도 아닌데 최고의 MC 위치에서 낮은 자세로 오랫동안 출연자들을 배려하고, 진심으로 사연 하나하나에 공감하고 위로해 주는 모습을 보고 역시 즐기는 자는 따라올 사람이 없다는 것을 깨달았다.

목표까지 가는 과정이 불행하고 힘들면 꿈을 이뤄도 절대 행복할 수 없다. 지금 나에게 닥친 안 좋은 상황만을 생각하지 말고 진흙 속에서 진주를 찾는 마음으로 좋은 점과 장점만을 보려고 노력한다면 어느새 목표에 가까이 다가가 있을 것이다.

인생의
스승을 만나면 운명이 바뀐다

누군가 나에게도 스승이 있냐고 물었다. 당연히 나에게도 스승이 있고 지금도 조언을 구하는 선생님들이 주위에 있다. 상담을 하다 보면 자신만의 독선과 아집에 빠져 아무도 믿지 않고 자신만 믿고 사는 사람들을 보게 된다. 그런 사람들은 타고난 성격을 바꾸려는 노력도 하지 않아 성격의 한계에 갇혀 시야가 좁아지기 마련이다.

결국 인생의 기로에서 중요한 선택을 해야 할 때 사람을 믿지 못하니 조언도 구하지 못해 언젠가 어려움에 봉착하게 된다. 세상을 혼자 살아간다고 착각하는 것은 미련한 생각이다. 삶이라는 작업은 협업이며 여러 사람의 도움으로 내가 빛난다는 사실을 깨달아야 한다.

넷플릭스에서 화제가 된 〈오징어 게임〉이라는 웹드라마의 오일남은 게임 참가자 중 최고령이다. 참가자들은 살기 위해 젊은 사람들과 팀이 되기를 바랐기 때문에 초반에는 오일남과 같은 팀이 되는 것을 꺼려 했다. 하지만 줄다리기에서 그동안 살아오며 얻은 그의 지혜가 큰 힘을 발휘했다. 줄다리기는 힘만으로 하는 것이 아니라 전략적으로 가면 이길 수 있다는 것을 알려줬고 결국 그가 속한 팀이 승리했다.

인생의 스승은 나보다 어린 사람일 수도 있고 나보다 연배가 높은 어르신일 수도 있다. 사람들은 나보다 어리면 살아온 세월이 적기에 지혜가 부족할 것이라고 착각하고, 나보다 연배가 높으면 새대 차이가 많이 나 고리타분하다고 생각해 대화를 차단하기도 한다. 스승을 찾기 위해서는 모든 가능성을 열어두어야 한다. 유연성을 갖고 이런 사람도 있고 저런 사람도 있구나, 자연스럽게 받아들였을 때 생각지도 않게 내 마음을 파고드는 스승이 생길 것이다.

나는 수많은 스승을 만났지만 내가 지금까지 조언을 구하는 스승은 초등학교만 졸업한 보살님이다. 문자를 보낼 때마다 맞춤법이 항상 틀린다며 부끄러워하는 선생님이지만, 이분이 살아온 세월과 지혜에서 나오는 통찰력과 혜안이 나에게 큰 깨달음을 준다.

스승을 찾아나설 수 있는 상황이 아니라면 다른 사람들은 어떻게 살아왔고, 어떤 신념을 갖고 살아가는지 많은 자료를 찾아보는 것도 좋은 방법이다. 아무런 노력도 안 하는데 스승이 제 발로 나를 찾아와서 "앞으로 내가 너를 도와줄 테니 나만 믿고 따라라"라고 하는 일은 절대 일어나지 않는다. 또한 스승이라고 해서 모두 선할 것이라고 착각하면 안 된다. 현재는 악인일 수도 있겠지만 시간이 흐르면서 많은 배움을 얻을 수 있는 인연도 있다. 악인도 시간이 지나고 나면 내 인생을 발전시켜 준 스승이었다는 것을 깨달을 날이 있을 것이다. 운명을 바꾸는

데 혼자서는 한계가 있다. 나에게 조언을 해주고 두 가지 길이 있을 때 잘못된 생각을 잡아줄 수 있는 인생의 멘토를 만난다면 불운은 길운으로 바뀌 막혀 있던 내 운명에도 빛이 들어올 것이다.

내 것을 나누면 운이 들어온다

불교에 '무주상보시無住相布施'라는 말이 있는데 내 것을 아무런 대가 없이 나눈다는 뜻이다. 우리는 내 것을 나눠줄 때 그에 대한 보상심리가 마음속에 깔려 있기 때문에 돌아오는 것이 없으면 서운한 마음이 들어 인간관계에도 금이 가기 시작한다. 이번 꼭지는 좋은 운을 깃들게 하는 최고의 방법이라고 장담한다. 운이 좋아지고 싶은 사람은 이 방법을 꼭 실행해 보길 바란다.

옛날에 사대부 집안의 며느리에게 아이가 생기지 않

자 시어머니는 도력이 높은 한 스님을 찾았다. 부인은 스님에게 뭐든지 할 테니 아기를 점지해 달라고 부탁했고, 스님은 뜻밖의 제안을 했다.

"곳간에 곡식이 가득해 먹지도 못하고 벌레가 생기고 있으니 배고픈 사람들을 위해 곳간을 개방하시지요. 그리고 가난해서 글을 배우지 못하는 아이들을 모아 글을 가르쳐 준다면 집안에 곧 경사가 있을 겁니다."

스님의 처방은 바로 적선과 나눔이었다. 부인은 스님의 제안이 황당했지만 절실했기에 스님 말대로 배고픈 사람들에게 쌀을 베풀었고 서당에 가지 못하는 아이들을 위해 훈장을 데려와 글을 가르쳤다. 1년 후 부인은 아이를 갖는 경사를 맞이했다. 여기서 끝난 게 아니었다. 몇 년 후 마을에 반란이 일어나 몇몇 양반집이 억울한 모함으로 감옥에 끌려가는 일이 벌어졌다. 부인의 남편도 끌려가면 만신창이가 되어 나오거나 죽을지도 모를 일이었는데 글을 가르쳐 줬던 아이가 군관들이 잡으러 온다는 소식을 미리 알려주어 몸을 숨겨 목숨을 구할 수 있었다.

적선과 나눔은 돈에만 해당하지 않는다. 나보다 어려운 처지에 있는 사람에게 따뜻한 말 한마디를 베풀고 나의 지식과 기술을 아끼지 않고 힘들어하는 동료에게 나눈다면 상대의 마음속에서 나오는 운의 파동이 강력하게 나를 밀고 들어온다. 밥을 한 번 사면서도 내가 얻는 것이 무엇인지 이익을 따지고, 손해라는 생각이 들면 커피 한 잔 사는 돈이 아까워 머뭇거리는 사람들이 있다. 사람 사이에서 손해만 보는 관계는 없다. 지금은 손해라고 생각해도 시간이 지나고 나면 나도 누군가에게 기적 같은 도움을 받는 날이 올 것이다. 상대방이 나에게 감사한 마음을 가지면 좋은 기운은 들어오기 시작한다. 언젠가 그 작은 나눔이 위기 속에 있는 나를 살린다는 것을 잊지 말자. 사람에게 배신당하기도 하지만 결국 나를 살리는 것도 사람이다.

대운이 들어오는 징조 다섯 가지

운을 알고 기회를 잡으면 성공한다. 기회는 왔을 때 잡아야 하는데, 대운과 천운이 나에게 가까이 왔을 때 나타나는 징조가 있다. 여기서 말하는 '대운'은 명리학에서 보는 10년 대운이 아닌 말 그대로 좋은 운, 큰 운, 대길한 운을 말하는 것이다. 이 기운을 감지하고 다른 때보다 더 열정적으로 매사에 임한다면 원하는 것을 이루는 시기는 금방 찾아온다.

대운은 내 인생에 큰 길운이 들어오는 것이라 생각하면 된다. 운이 따라주지 않을 때는 아무리 노력해도 성과를 내기 힘들지만 하늘과 조상이 도와주는 때를 만나면 큰 노력 없이도 신기하게 일이 잘 풀리는 경험을 하게 된다. 다음은 대운이 들어왔을 때 느껴지는 징조 다섯 가지를 기술했다. 이런 징조가 나타났을 때 기회를 놓치지 말고 평소보다 더 노력해 꿈을 이루기 바란다.

1. 새로운 인연이 들어오거나 악연과의 관계가 정리된다

운이 좋아질 때 나타나는 가장 중요한 징조 첫 번째는 바로, 내가 만나는 사람들이 달라지는 것이다. 운명학에서는 '사람 물갈이'라고도 한다. 전에는 만나는 사람마다 나를 피곤하게 하고 나에게 도움받으려는 사람들만 주위에 있었다면, 운이 좋아질 때는 이런 인연들이 서서히 정리되고 나의 잠재적 가치를 인정해 주고 용기를 북돋아 주는 인연을 만나게 된다.

새로운 인연이 들어오는 시기에는 악연도 같이 정리된다. 부부 사이에도 악연이 있다. 주변의 시선과 미련 때문에 이혼을 망설이는 부부들이 있는데, 악연에는 오히려 이별이 전화위복이 될 수 있고 또 다른 새로운 길이 열릴 수 있다.

2. 웃음이 많아지고 인상이 달라진다

마음이 항상 우울해서 얼굴에 어두운 면이 많이 드러났다면, 운이 들어오기 시작할 땐 마음이 편안해지고 긍정적인 마인드로 변하기 시작한다. 얼굴은 내 영혼이 발현된 모습이기에 스스로 인지하지 못해도 상대방이 내 얼굴을 보고 현재의 상태를 알아차린다. 오랜만에 만난 지인들이 "얼굴이 좋아졌네? 무슨 좋은 일 있어?"라고 묻는다면 서서히 운이 풀리고 있다는 징조다.

3. 비관적이었던 성격이 긍정적으로 변한다

운이 나쁠 때는 일만 안 풀리는 것이 아니라 성격에도 문제가 생긴다. 반면에 운이 좋아지면 성격에도 확실한 변화가 일어난다. 열등감이 크고 매사에 비관적으로 생각했던 성격이 어느 날부터 어려움이 생겨도 쉽게 화내지 않고 긍정적으로 받아들이고 웃음이 많아졌다면 운이 들어오는 때라고 할 수 있다.

운이 들어왔는지 확인하는 방법은 내 성격을 살펴보면 된다. 가슴에 아직 화가 많고 별것 아닌 일에 짜증이 나고 항상 누군가를 원망하고 있다면 아직 나에게 대운이 들어오지 않은 것이니 기도와 수행으로 내 마음자리가 편할 수 있게 노력해야 한다.

4. 나에게 깨달음을 주는 귀인이나 스승을 만난다

대운이 들어오면 우연한 모임에서 만난 인연에게 예상치 못한 가르침을 받거나 힘든 상황이 닥쳤을 때 나를 살려줄 귀인을 만나게 된다. 죽을 것 같은 위기 속에서 손잡아 줄 사람이 등장해 결국 힘든 위기를 무사히 넘기게 된다. 여기서 중요한 것은 꼭 사람만이 귀인이 되는 것은 아니다. 마음을 흔드는 유튜브 영상이나 영화, 좋은 책을 만나 나를 움직이는 변화가 생긴다면 그것 또한 스승이다. 꼭 만나서 무언가 가르침을 받고 배워야만 멘토인 것은 아니다.

5. 조상몽이나 신묘한 꿈을 꾼다

영적 직관력이 발달한 사람은 꿈으로 대운의 징조를 받는 경우도 있다. 조상님이 집으로 들어오거나 돌아가신 분과 같이 밥을 먹는 꿈을 꾸는 경우를 말한다. 꿈을 꾸고 나서도 기분이 좋았다면 조상님이 나를 도와주는 징조로 볼 수 있다. 조상 중에 선행을 많이 하신 분이 있는 경우 그 복이 3대까지 내려가게 되므로 부모님이 어렵게 살았어도 발복해서 자식이 부자가 되거나 큰 명예를 갖는 경우도 많다. 단, 꿈을 꾸고 나서 세심하게 내 기분을 살펴야 한다. 기분이 좋지 않으면 조심하라는 뜻으로 알아야 하고, 기분이 설레고 좋다면 앞으로 큰 기회가 다가왔음을 암시한다.

올 한 해를 살아낸 당신에게

코로나19 때문에 불안하게 한 해를 보냈을 것이다. 역병은 누구를 막론하고 고통을 줬다. 어려운 상황에 꿈을 접어야 하는 사람도 있었을 것이고, 결핍을 관계에서 찾으려 했던 사람은 더 고독하고 외로웠을 것이다. 나 또한 신도들에게 내가 도와줄 수 없는 부분이 많아 마음이 좋지 않았다. 전 재산을 투자해서 창업했지만 결국 폐업한 이들도 있었고, 아이들은 자유롭게 친구들과 뛰어보지도 못하고 방 안에 갇혀 공부만 해야 했다.

사주와 운명을 보는 나도 시기는 무시하지 못하는 가장 중요한 요소다. 아무리 좋은 아이디어와 재주가 있어도 그것을 펼칠 공간과 사람이 없다면 결국 빛을 보지 못할 것이고, 급한 마음에 시기를 염두에 두지 않고 서둘러 꿈을 펼친 자는 큰 뜻을 펼치기 어렵다.

얼마 전 블로그에 사람이 착하게 살아야 하는 이유에 대해 글을 썼는데, 다시 태어나면 나쁜 짓을 하더라도 잘 살고 싶다는 댓글이 달렸다. 기분이 뒤숭숭했다. 편법을 쓰거나 사람들을 이용해 잘사는 부류를 동경하는 사람들이 많다. 악행을 저질러 성공한 이들이 당장에는 부러울지 몰라도 그들의 인생의 끝은 아직 보지 못했다. 업을 지면 그 죄는 내가 아니어도 내가 사랑하는 사람들에게 돌아가며, 타인에게 준 상처는 시간이 흘러 결국 나에게 그대로 되돌아온다.

그동안 상담하면서 나쁜 짓을 해서 큰돈을 벌거나 남의 자리를 뺏는 이들을 많이 보았지만 세월이 흐른 지금,

그때의 성공을 지금까지 유지하는 사람은 없었다. 남을 부러워하지만 마라. 나는 이 책을 통해 당신의 계절은 반드시 있으며 분명 날개를 펼쳐 멋지게 비상할 날이 있다고 말해주고 싶었다. 꿈을 펼치지 못했다고 불안해하지 마라. 올 한 해 아무것도 못했다고, 실패했다고 자책하지 마라. 우리는 이 전쟁 같은 시절을 처음 경험하고 있으니 어려운 상황에서 올해를 담담히 살아낸 것만으로도 정말 대단한 것이다.

이 책을 끝까지 읽었다는 것도 마음은 지쳤지만 가슴 속에서 꿈틀대는 꿈을 아직 포기하지 못했다는 뜻이다. 나도 직업이 종교인일 뿐이지 같은 사람이기에 자존감이 무너질 때도, 가슴이 시리도록 아플 때도, 올 한 해를 보내면서 허무하다고 생각할 때도 있었다. 그런데 생각해 보니 우리가 이런 무섭고 불안한 상황에서 꿋꿋하게 살아남아 저자와 독자로 만나서 이야기를 나눌 수 있는 이 시간이 정말 감사하고 행복한 일인 것이다. 행복은 거창한 것이 아닌 지금 이 순간을 만족하는 데서 온다.

힘든 시기를 겪어낸 당신은 어느 누구보다 강해졌고, 타인의 아픔을 같이 공감할 줄 아는 배려심 깊은 사람이 되었다. 그러니 앞으로 좋은 시기가 찾아왔을 때 그 진가를 분명 발휘하는 순간이 올 것이다.

운명은 아직 결정되지 않았다

초판 1쇄 2021년 11월 22일
초판 2쇄 2021년 12월 3일

지은이 오왕근

발행인 유철상
기획·편집 정예슬
편집 정은영, 박다정, 정유진
디자인 조연경, 주인지, 노세희
마케팅 조종삼, 윤소담
콘텐츠 강한나

펴낸곳 상상출판
출판등록 2009년 9월 22일(제305-2010-02호)
주소 서울특별시 성동구 뚝섬로17가길 48, 성수에이원센터 1205호(성수동 2가)
전화 02-963-9891
팩스 02-963-9892
전자우편 sangsang9892@gmail.com
홈페이지 www.esangsang.co.kr
블로그 blog.naver.com/sangsang_pub
인쇄 다라니
종이 ㈜월드페이퍼

ISBN 979-11-6782-042-6 (03810)